走向自由的村庄：

高建新散文选

高建新 著

我的河湾村怎么【折腾】
也不会在动迁中消失，
那乡村、乡土、乡亲和乡情
将久久远远镌刻在
我们的生活与记忆里。
你飞向了大江南北，
飞向了天涯海角，
飞向了自由与平等！

团结出版社

UNITY PRESS

图书在版编目(CIP)数据

走向自由的村庄：高建新散文选 / 高建新著. —
北京：团结出版社，2014.1(2017.10 重印)
　　ISBN 978－7－5126－2331－6

　　Ⅰ. ①走… Ⅱ. ①高… Ⅲ. ①散文集－中国－当代
Ⅳ. ①I267
　　中国版本图书馆 CIP 数据核字(2013)第 302536 号

出　　版：团结出版社
　　　　　(北京市东城区东皇城根南街 84 号　邮编：100006)
电　　话：(010)65228880　65244790(出版社)
　　　　　(010)65238766　85113874　65133603(发行部)
　　　　　(010)65133603(邮购)
网　　址：http://www.tjpress.com
E － mail：65244790@163.com（出版社）
　　　　　fx65133603@163.com（发行部邮购）
经　　销：全国新华书店
排　　版：北京文贤阁图书有限公司
印　　刷：北京中振源印务有限公司

开　　本：710 毫米×1000 毫米　16 开
印　　张：15
印　　数：5000
字　　数：180 千
版　　次：2014 年 1 月　第 1 版
印　　次：2017 年 10 月　第 2 次印刷

书　　号：978－7－5126－2331－6/I.880
定　　价：39.80 元

序

留存下你自己的 "背影"

——《走向自由的村庄》序

崔道怡

一

2012 年 10 月，应邀到常州，参与 "高晓声文学研究会" 成立活动，结识了高建新。二十世纪七十年代，作为《人民文学》小说编辑，我跟高晓声交往甚深。而高建新是散文家，且知名于后，所以对他不甚了解。此次初会，可谓 "新知"。然而他们同为江苏武进人，又同在武进做过中学教师。早在八十年代，他就和高晓声已结下了师友情，这使我们又觉得 "一见如故"。近年来高建新已出版了 7 部专著，其中 3 部第一次印刷均达 15000 册。文集中诸多出色篇章，一再进入各类选本，曾获多种奖项。高建新言行举止坦诚真挚，我感觉他不仅是一个勤奋的作家，还是一位 "忧国爱民" 之辈，他认为，作为一个作家，所要做的就是反映社会现实与风貌，体参民众生存状态与呼唤，关注民族兴亡与前程。

因为"我的村庄在京沪高速铁路的建设中一夜间'蒸发'了，在'拆迁'过程中发生了许多令人难忘或令人遗憾的事。改革与保守，文明与野蛮，进步与倒退，始终呈胶着状并纠结我心。"高建新七岁由上海下放到常州老家，"我从一个赤脚的农家子成长为一名文字的'刀耕手'。为了我们的民族和人民，不屈不挠在大地上'刀耕火种'，虽难做到刀刀见血，但永不言弃。"他铭记并实践："作家就是历史的书记员。"他"'手舞足蹈'，'披荆斩棘'，走过半个世纪，见证了风霜雪雨。"而今，他把家乡面临的拆迁之变，深深镌刻进了历史的画卷。

二

《村庄》以浓郁深沉的情感，反映当下农村的巨变，描摹了那场"失落而美丽的梦"，所写一系列人和事，活灵活现，跃然纸上，亲切熟悉，传神细腻。且看那篇《时代英雄》，写的就是他的父亲。那是一个"听话"的时代，及至"百姓食不果腹"，"上头发动城市居民下放农村"，父亲义勇当先，从而成为"英雄"，改革开放后，进入新时代，老百姓"作主"了，要维护各自的权益，于是，在拆迁中演绎出各种各样"闹剧"。新华网有一段评论称"高建新的《抑郁症病人》写了王寿海的企业被拆迁了，但他却得不到等价赔偿，这使他的心情日益抑郁，在此期间，有人翻出了他十几年前向一领导行贿的事情，他的心情更加抑郁，以致整日把自己关在家里，遭受痛苦的精神煎熬。小说反映了现实中一些地方政府的无赖行径、办事不公的现象，具有批判意义"。作家感叹："狗狗的善心、爱心和责任心值得人类学习，当下许多人缺失这种精神和美德"。

表现"拆迁"同时，作品还以相当篇幅描绘农村"悠然往事"和"不一样的日子"。有"外婆"对"乡霸"的坚定抗争，有《安魂鸡》悲壮的鸣叫，有《无头案》莫名其妙的怪异，有《流淌着春寒的小河》的凄美……入选《2012 中国散文年选》的《安魂鸡》，无疑是一篇佳作，作品通过操办一个平常女人后事的故事，描摹了她的"灵魂"无处安放的现实，表现了城市化进程中人们的迷茫以及观念改变的痛苦。

三

凡是关于特定对象的纪实性抒情，都应该禀赋与众不同、别开生面的味道。《村庄》正是如此。这部书的内容犹如特定地区、特定时期、特定生活、特定情趣的"集腋成裘"，其各章节，每一篇目，又都自有风采，更送新人耳目。那是唯有高建新这一位散文家才可以观察得到并感慨得出的，它可以称为那一片国土人情风物的"地方志"，又无妨看作是高建新心灵脚步的"私密传记"。

入选《2012 年中国精短美文精选》的《推山鬼》，精粹勾勒了一个中国农民坚守土地，从抗日、解放、土改、合作化、公社化到城市化的进程，既是一帧个人肖像，又是一叶历史缩影。

散文所纪实的人物故事，有时能比一般小说所虚构的更具备独特性和典型性。《紫罗兰手镯》，是那种有人物和故事的小说化散文，涉及的人物各有性格特点，故事情节又复杂而曲折，是一份至少可以扩展成为中篇小说的素材，现在只简略地把它提炼为精短的叙述文字。看来，他更讲求作品之艺术的纯净、分量的凝重、内涵的丰盈。

四

散文家比小说家往往更注重情感因素，他们常常热衷情感的抒发而冷淡事件的铺陈。但当事件确实单纯，仅在一个点上抒发，则又总能更现深沉。《游魂》就是一个例证，仿佛就是一则现实版的《聊斋志异》。我未曾读其他作品，仅就品味此书而言，我想借用他对妹子的比喻，来形容他的散文，"虽无华贵之气，却具清丽之风"，不造作，不雕琢，不矫饰，真情实感，朴素纯净，意蕴深沉。正是这种贴近民众、坦诚心声的"草花"，铺就了文学园地别具一格的光辉。无论散文还是小说，作家笔下文字都该是"情"的抒发。"情"是文学之根，唯有真情实感、情深意重，才能通情达理、因情入幻，成就引人入胜篇章。惟其给人性人情、民俗世情以别开生面、感人肺腑的表达，才能达到一个高远或深邃的境界。

真正的好作品，必然会引人瞩目又耐人寻味，一定能流传开来并留存后世的。能得如此，小说家应如高晓声，塑造自己典型的"陈奂生"；散文家应如朱自清，摄取自己经典的"背影"。我充当多年文学编辑，读过的作品难以数计，而心目中认定足以留存后世的篇章却极其有限。高建新已然是"躺在地上的摄影家"，充当着"历史的书记员"，但文章千古事，如若堪称经典，尚须岁月磨砺。作为鼓励和祝愿，我期望、等待着高建新为读者、为后世留存下你自己的"背影"。

（本文作者系著名编辑家、作家、文学评论家，
《人民文学》原常务副主编。）
2012年1月31日，北京

目　录

走向自由的村庄：高建新散文选

第二章　但愿人长久

第三章　没有意义的故事

第四章　自古少年出英雄

第五章　流淌春寒的小河

后　记

第一章 梦里河湾

再见，最后的村庄

假如上苍赋予我留住小村庄历史的神圣使命，把村庄扫描下来，存入大脑记忆的芯片，那么，就让我从春天开始吧！

河湾村，一座桃花仙境般的小村庄，因京沪高速铁路的建设，已经在公元 2011 年离我们而去，在地球上蒸发，变成村民永久的记挂，以及一个失落而美丽的梦。

据《毗陵戴墅高氏宗谱》（报本堂）等史书记载：我的一世祖高融（字德卿，号仲南），世居浙江严州府建德县，元代文宗朝进士，官任常州府通判，先居常州府无锡县，后定居武进县循理乡（今新北区小新桥戴墅村，古名戴林），距今已有 680 余年之久，其嗣遂散居常州各处，主要有：戴墅、阮墅、夏墅桥、前河湾、后河湾、湾内村、新桥、史墅、老二房、金三房、河湾村、前三房、老四房、六房村、圩塘闸头、百丈杏村、卞墅、慈墅、沈家桥、四河丼、塘沟墩以及分布在宜兴、江阴等地的五六十个村落。河湾村只是这些村庄的一个宿影，位于常州城北沪宁高速公路北侧，而常州古城则处于上海和南京中间，沪宁铁路仿佛一根铁扁担，两头分别挑着上海、南京两颗明珠，常州不过是犹如一根扁担的一个支点。

河湾村村的北面，是滚滚东流的长江，南边是沪宁铁路、沪宁高速公路、京杭运河及正在兴建的沪宁高铁。村庄有 200 余亩水旱良田，

近一百亩宅基地，二十多户人家，五十多间砖瓦平房，两口古井，两片面积达十五亩的竹林，两只水泥船，七八只小木船，一个社场，建有猪牛羊饲养场和仓库，七条河流和湖泊，一座古石桥，两个芦苇塘，一座公墓；有覆盖江南水乡的百分之七十以上的植被，包括白鹭等五

六十种鸟类，江南几乎所有的但数目不详的蛇类、野兔、野鸡、黄鼠狼、野猪、刺猬和不计其数的蜜蜂等野生动物，以及桃树、梨树、橘子树、苹果树、枣树、柿子树、无花果树等许多种果树，其中单是桃树就有蟠桃、水蜜桃和梨光桃三种。河流、湖泊中的鱼虾，更是难以计数，包括今天难得一见的黄鲋、穿山甲、河豚和江蟹等，有许多是直接从长江"流窜"进来的。

在这片土地上，春天的脚步是多么轻盈，犹如暗香涌动般踏进了这个神秘和美丽的村庄，而后停留在绿色的田野、葱郁的树林和潺潺的小河以及芳香柔和的空气中。金色的迎春花在春风中摇曳，在阳光下闪烁。冬雪，在春的爱意中开始消融，并跟这个小村挥挥手，说再见！

春燕回家了，妈妈带着孩子们，重返故地，感觉不要太好哦！在

田间、树丛、河面和房屋上空翩翩起舞，欣赏着这个既熟悉又陌生的地方，追寻着曾经的难忘时光。她们飞往自己曾经的爱巢，打扫卫生，装点房舍，崭新的生活又要开场了。喜滋滋，懒洋洋，枝头梁上，要多欢畅，有多欢畅。

春耕春播，是一年之计的序幕，这是为了收获秋天的硕果。于是，在社场的仓库里，出现了一只只大水缸，里面浸润着精心筛选的稻谷种子，一眨眼，一块块四四方方的秧田镶嵌在大地上，这是绿茵茵的秧苗组成的彩色拼图，这种神奇的光影，直逼人们以全身心去爱我们的故土，爱这个春天里的村庄。

端午节是与夏日的阵雨连在一起的，"拜年拜到大麦黄，咸鱼腌肉蒸端阳"。转眼间麦浪滚滚泛重光，那些男女青年们，散落在此起彼伏的金色麦浪之中，收割麦子，挥汗如雨。年轻的姑娘们，因为太多的汗水，花衬衫已经完全黏贴身子，优美的线条在阳光下流露无遗，引来一些小伙的目光。

脱粒机日夜轰鸣，社员们挑灯夜战。晒干扬净的小麦，像金字塔般直立在社场上。灿烂的夜空下，蛙声齐鸣，与机器声交织在一起。成千上万只白鹭，在炊烟缭绕的暮色时分，陆陆续续，三三两两飞回它们的驻地，与许多鸟儿会合，这会儿，正在与它们的家人一起，蹲在密林树枝上或鸟窝里，微合双眼甜蜜地休息，偶尔会传来一声欢快的鸣叫。

紧随着夏收，夏种便接踵而至。凌晨，队长一面使劲吹着集合的哨子，一面喊道"开工喽"。于是，青年组、少年组和老年组一起出动，在社场上集中，队长简短的"派工"，大伙便各就各位，开始了一天的劳动。

男青年挖河泥、挑河泥，女青年拔秧莳秧，少年组撒灰，老年组脱粒、打理社场。还有养猪等专业人员，赶紧冲洗猪圈、斩猪菜、烧猪食、喂猪猡，猪猡们已经在叫唤了。

于是，金色麦田转眼间又变成了翠绿色，秧苗栽好啦！从高空俯瞰，那是一个由各种图案组成的绿得发光的世界。

那当儿，瓜果上市啦！番茄，是唾手可得的东西，不值钱。北瓜、西瓜、金瓜、雪团瓜、水脆瓜、黄瓜、丝瓜、饭瓜、青皮绿肉瓜等许多许多瓜类，纷纷闪亮登场；房前屋后的柿子、木梨、橘子、香橼、小苹果挂满枝头，都泛出新鲜的光亮，你想吃什么，要吃多少，请不用客气，随意摘吧！

大清早，便有村妇兴高采烈地带着孩子来到田间，采摘瓜果，一篮篮，一担担往家搬，留下自己吃的，就上街去卖，虽然手头上不宽裕，但女人们还总是忘不了给老人、孩子买长买短，或者甜的咸的，总要带点回家，不能空手而归呀！

各色鲜花在房前屋后随处绽放，家家户户的向日葵在夏日的阳光下大放异彩，像大头娃娃在欢庆节日，院子里的月季和凤仙花，芬芳四射。黄色的丝瓜花、南瓜花、金针花，洁白的韭菜花、茄子花、扁豆花，在广阔的村基地上争相吐艳，欢乐开放。

几个浓妆淡抹的村姑，划着小木船在小河湖泊中采菱，一面采，一面吃，一面唱着歌。水鸭子忽前忽后，在小船周围嬉水，叫唤。小伙子们举着鱼篓朝她们喊道，我钓到一条大青鱼，咱们夜饭搭伙（聚餐）好吗？吃完了跟我回家……姑娘们抬起姣美的脸蛋，爽朗清澈的嗓音，在河谷和水面回荡：

"好啊，你也不撒泡尿，先照照自己的脸，看看是啥模样！"

"哈哈哈……"

当成群的白鹭离开树丛竹林，飞往南方的时候，秋天就走近了；当通红的柿子挂满枝头的时候，水稻就要扬花吐艳了；当"西风吹，蟹脚痒"的时候，螃蟹就会从直通长江的藻江河爬上岸来，"听蟹"捉蟹的时节到了；当"霜降到"，稻子就"没老少"，全可以收割了。

社场的脱粒机马达又轰鸣起来了，与夏忙一样，中小学生都放"忙假"一个礼拜，男女老少，"秋收播种"！

我和小伙伴们的活儿是拾稻穗，一天下来，腰酸背痛，能拾上几麻袋，粮食宝中宝，快到手的东西，绝不能丢了。乡间田边，红旗招展，彩旗飘飘，《东方红，太阳升》的歌曲，从清晨太阳升起的时候，断断续续几乎一直播放到太阳落山。农家的土墙上用石灰写着"深挖洞，广积粮""备战备荒为人民""一人参军，全家光荣""美帝国主义是纸老虎"等大幅标语，历经数十年风吹雨打，字迹不仅不模糊，反而愈加清晰了。

割了稻子，跟着种上小麦，一垄一垄的麦田，整整齐齐地排在天宇之间，随着麦子的发芽生长，麦垄一天天变绿。这时，可以准备过年了。

杀猪宰羊的人家并不多，但生产队捉鱼分鱼是雷打不动的事。队里捉鱼每年只有两次，一次是过大年，还有一次是七月半。春节是"人节"，七月半是"鬼节"，八仙台上没有鱼是不行的，否则，怎么能年年有余呢？

捉鱼了，大人小孩都来看热闹。用"包网"捕鱼时最好看，最有劲。从河的这一端拉网到另一端，要将河中的鱼"一网打尽"，鱼儿们对此也有所知，都想逃命，躲过一劫，于是，争先恐后从浮在水面的

网线上跳过去，这条线，就是鱼儿的生死线。让人惊魂的一幕幕出现了，鲤鱼、鳊鱼、青鱼、鲢鱼、黄鲇和白鱼等，一下子变成跳高跳远运动员，甚至还有三级跳远的健将。鱼跃人欢，好不精彩！

我们用大箩筐将出水的鱼扛到社场上，开始分鱼。在队长的指挥下，根据全村的户数人数分成若干份，每一份又有品种和大小的搭配，但不能保证"绝对公平"，于是要求每户人家派一名代表到队长处抓阄，抓到啥鱼就是啥鱼，好坏都凭你自己的手气，没有屁话说。

快要放学回家过年啦，孩子们读书很用功夫，一大早就起床念诗，好像个个是大诗人，但孩童背诵唐诗都是"小和尚念经，有口无心"。不懂意思不要紧，反正记在肚子里也没有坏处。村后的塘口小学与村前的夏墅桥小学，是我们村子文明的摇篮，好几代人从那里走向四面八方。塘口小学一年级到三年级，常年只有十几个学生，只有一个课堂，一位老师。在每堂课的四十五分钟里，一个老师要给三个年级的学生上课，现在想来，好有趣，好本事。那时我正读一年级，老师讲授了大约十分钟新课，就布置我们做作业，而这时的二、三年级"同窗"便在"预习"。然后，老师以同样的方法给二、三年级上课，在下课前一会儿，老师已经在给一年级学生批改作业了。

每天放学前需要列队，并齐声高唱《放学歌》：

好好学习

天天向上

尊敬的老师

亲爱的同学

明天再见

好好学习

天天向上

明天再见

……

　　冬雪飞舞，很灵性地飘落在麦田、竹林、树木和农舍的房顶上，这里即刻银装素裹，犹如童话中的仙境。顽童和穿着花棉袄的小女孩在堆雪人，几只小黑狗在雪地里奔跑。狗狗们欢天喜地，以为天上天下那么多米粉啊，它们原是很爱吃米粉团子的。牛羊兔儿们已经好长时间没有吃上青草了，此刻在它们白色屋顶的小房子里，主人给它们喂上一把干草，于是它们就把干草在嘴里边反复咀嚼，虽然味同嚼蜡，但它们还是很快乐，因为它们相信，严冬已经来临，春天还会远吗？

　　除夕，菜很多，有鱼有肉还有酒。平时很少有鱼肉的，"三月不知肉味"对我们来说一点不稀奇。平时，小孩不能随便"上台"，但今天不一样，允许坐上八仙台，尽管放开肚皮吃，大人还反复强调"不要放筷，不要放筷"！

"过年过到正月半，拜年拜到大麦黄"。我们在绽放着迎春花的乡间小道上走亲戚，又在迎春花丛中迎接来往的亲戚朋友。他们相互间的美好祝愿总是寄托着春天的希望。但在这个春天里，沪宁高铁开始兴建，这些古老的房屋，熟悉的一草一木，以及凝聚浓浓亲情时时牵挂的地方，都将在推土机下消失得无影无踪。

比河湾村早早搬迁的十几个村庄几百号村民，许多安排住进了"小高层"农民公寓，先富起来的农民，住进了别墅小楼，他们开着色彩艳丽的小轿车进进出出，俨然新贵的模样。家庭主妇告别了烧柴火的土灶，代之以液化气炊具，年轻姑娘和老太太把沿用了几千年的木制马桶扔进了垃圾箱，抽水马桶的流水声像流行歌曲那样动听，纸牌和闲说闲话的拉家常逐渐失去市场，而液晶平板电视和宽带迅速占据了他们的生活。虽然，抬头低头只见高楼不见田野，不习惯坐在抽水马桶上冷冰冰怪怪的感受，有一种"被城里人"的感觉，但毕竟高速火车给祖祖辈辈的农民带来了崭新的生活，可何时又能捡回我们的失落呢?!

再见了，河湾村！再见了，我的梦里河湾！

头胎儿子

夏大娘好端端地看着电视突然失声痛哭起来，且越哭越伤心，变成个泪人儿，弄得全家老小不知所措。

那天刚吃过夜饭，一家人高高兴兴坐在沙发上看电视，当时电视台正播放一则新闻，讲的是"7·23"动车追尾事故发生后，国务院要求高铁项目全部暂停，部署高铁及其在建项目安全大检查。就是说，高铁要减速，不能开这么快了。夏大妈看到这里，就忍不住泪流如注，哭泣起来。

夏大妈怎么对高铁减速如此激动？这个，除了她自己以外，全家没人知道其中原委。是的，她对速度快和慢的敏感程度，一点不假就是达到了"神经质"的地步。

　　儿子，媳妇每天出门上班，孙儿上学过马路，甚至家人平常吃饭，她都要反复嘱咐："慢点，慢点，慢一点……"似乎唯恐"快一点"就会大难临头似的。

　　大妈对速度如此紧张的心态自有原因啊！那年生孩子，因为是第一胎，全家上下高兴得不得了，旧社会乡下妇女都是在家里生孩子的，而且多数是由自己的母亲或婆婆接生，有条件的请个接生婆上门服务，那就要掏腰包付钱了。那当儿，夏大妈就快生产了，公公婆婆对生男生女特看重，据他们的"经验"，女人怀胎达月后，如大肚子是圆的，十有八九是生男孩，如果是尖尖的，就要生女孩。经他们仔细观察，儿媳的大肚子圆滚滚的，预测是男孩子，于是，为了慎重起见，就请了个接生婆。分娩时，不料这接生婆是个急性子，当时孩子是脚先出来，生产很不顺利，用现在的话说就是难产。大妈的老娘和婆婆都在一旁当接生婆的助手，见她在床上痛得直叫，都心如刀绞。这时，接生婆用力把小孩的双脚往外拉，只轻轻一拉，大妈就痛得喊救命。母亲和婆婆都急忙说"慢一点，慢一点"，那接生婆哪里肯慢，又是不紧不慢地一拉，大妈便痛得死去活来，但忽见小孩有个小鸡鸡出现了，果真是男孩子，众人欢天喜地，接生婆更是来了劲道，又不顾两位"助手"的提醒，用力一拉，孩子是拉出来了，只是因为太急，孩子的脑袋压迫成三角形状，严重变形了，弄成了一个残疾，仅一月余，这

个头胎儿子就夭折了。全家人伤心万分，大妈更是悲痛欲绝，都是匆忙性急惹的祸啊！古训"欲速则不达""心急吃不得热豆腐"，要是悠着点，不致如此悲惨！这给大妈留下了巨大阴影，几十年来，时不时想到她的那个可怜的儿子。凡遇着亲戚或路人，她都会问，你儿子属相什么？要是属的马，她立刻就会兴奋起来，说我儿子也是属马的。看着年龄相仿的男人，便会问今年多大了？要是碰巧与她的儿子同龄，她就会禁不住泪流满面，说，你跟我儿子同年，犹如见到了自己的儿子，许多许多年以前她与她儿子的遭遇，会栩栩如生地再现出来，临别时，她一定不会忘记重复嘱咐你慢点走路，过马路不要太急。

这几十年前生养头胎儿子的阴影还没有消散，五六年前，老大娘又经受了第二场惊吓。那日傍晚，太阳快落山了，有两台挖掘机开进村子。白天不来，偏偏在晚间开始活动，犹如地下工作，有个见过矮东洋的老人打趣说："鬼子进村了"。

那时老大娘村上的房屋及装修补偿还没有谈好，有人就要来强扒房子了，老大娘把儿子、媳妇、孙儿、孙女都赶出了门去，自己独自"坚守阵地"，不料有人破门而入，两小伙子把她拉了就走，老大娘脚一软，走不动了。他们就一人抓住老太太一只脚，在田埂上倒拖，路上一块乱石不巧硌到大妈的脊梁骨上，痛得连喊救命，其中一个年轻人松了手，还有一个还是抓住不放，被大娘一脚踢到脸上，便画龙点睛，描摹出一只熊猫眼来，且犹如水墨画一般化开来，越长越大。大娘又口中骂道："你这流氓，不知好歹，我做你奶奶都不嫌小，我七十七岁了，还死不着吗？今朝跟你拼了，老娘要你抵命！"

刚才忙中出乱，加上又在黑暗之中，没有看清老大娘的面目，现在这一踢一骂，年轻人吓了一跳，定神一看，果然是奶奶外婆级的人物，怎可如此轻慢，要是闹出人命来，还是自己倒霉，放手，撒腿就跑！

只因当时被人拖得太快，被石头硌伤了脊背，久治不愈，现在变成了"老伤"，阴雨天就隐隐作痛。这也是速度过快惹的祸。

不要过于性急，太急了就会失去和谐。无论是女孩还是男孩，第一胎总归要难生产一些，因为没经验。我们的许多事业，都是前无古人的创新，都是"第一胎"，因此，我们往往要摸着石头过河，摸着石头过河就是摸索着前行，有节奏慢慢地行军，而不是一百米赛跑！

三 宝

1

卡车就要开了，但嫂子似乎还没有准备好，不知她到底在磨蹭什么。

"走吧，快走吧！"大哥在卡车上大喊。

"还有狗狗咋办？"

"带走！"

嫂子抱着狗狗上车了，但莫名其妙地哭泣了起来。大哥一看傻了眼，问道："咋了，哭什么？"

那边的亲戚说了，因为家里刚生了小宝宝，不能养动物，怕细菌。这大母狗刚刚养了三只小狗，眼下还在草垛根边叽叽呱呱地叫呢，难怪狗妈妈不停回头看，在嫂子怀里直挣脱。汽车开到村口，狗狗突然狂吠，哀号起来，它终于在嫂子的怀里逃脱，从疾驰的汽车上跳了下来，直奔它的狗窝里去了。

卡车没有停下来，因为雇来的车是讲时间的。

狗妈妈回到了宝宝身边，回去了，虽然它们面临着"断粮断奶"的噩梦，可是，村子上的人不得不离开，而且说走就走！都说留恋这一片土地，这里的一草一木，一砖一瓦，一碗一钵，一片云彩或一只羔羊，可是，天要落雨娘要嫁，江水东流，我们的生活还要继续，向前走吧！嫂子狠心丢下苦心经营了大半辈子的两栋三层楼，四间平房，两间柴草厢房，一个鸡窝，即将匆匆离去。上头有人说，在签了拆迁协议一个礼拜之内，就要搬家，早搬有奖励，迟早要搬的，还有什么等头！

他们把自己的家洗劫一空，一根针线也没落下，都是钱买的呀！满载家具杂物的两辆卡车疾驰而去，准备到一个亲戚家去借房暂住，因为新的农民公寓还在设计，建筑图纸还没出来呢。

2

十几天以后，当我发现这个狗妈妈时，它已经不像"狗样"了。

那当儿，往日村寨整齐，田野翠绿，炊烟缭绕，鸡犬相闻的景象，

已经荡然无存，代之以人去房空，断墙残壁，庄稼荒芜，一片凄凉之状。既然没有炊烟了，哪里还有狗狗吃的？但那三个狗宝宝，未知世间发生了什么，把妈妈的奶子啃得发青，狗妈妈生痛难耐啊！

那天，我专程驱车回老家看看，背着相机，想采集一些往昔农家的风光，在大失所望之余，在杂草丛中，惊讶地发现了那三条饿得奄奄一息的小狗狗，还有它们憔悴不堪，在极度饥荒的死亡危机中苦苦挣扎，恪尽职守的狗妈妈。

我立刻把小宝宝放在汽车的坐垫上，狗妈妈见状没有异议，它似乎认识我，但我想要把它带走时，它却头也不回一溜烟跑了。

3

天色已晚，小狗狗在车里叽里叽里地叫唤，不知道是饿着了，还是向我发出感激之声。我连夜到超市买奶瓶，跑了两家店都没有，我急了，四处打听，才在市中心一家婴儿用品专卖店买到了一个婴儿奶瓶。老板娘看我如此急急忙忙，问怎么这么晚还来买这个，是刚生了小宝宝，夫人没有奶水？我说捡到三条小狗，正等着喂奶呢！老板娘说难得遇上这般痴心爱狗的男人，今天这个奶瓶就送给你了。回头又买了一箱“纯牛奶”，到家后第一件事是给它们洗个淋浴热水澡，用“BOBO”牌狗狗香水沐浴露洗了两遍，再立马用吹风机吹干，免得宝宝伤风感冒，这时，狗狗身上已经香喷喷的了，仔细一看，两公一母，个个可爱。接着，它们仨美餐一顿，那吞食之状犹如三年没吃饭，就差点没把奶嘴咬破了。当晚睡在克林顿的狗窝里，相安无事。

第二天，夫人说，给它们起个名字吧，这样好使唤。"行！"我不假思索，"是我们的老家河湾村捡回来的，就叫河河、湾湾、村村吧！"

"好，河河、湾湾、村村，家里也有吉祥三宝啦！"

再说克林顿，见三宝不速之客来临，摇头晃尾，跳前跳后，似乎没有不高兴的样子。它已经是五岁的大狗了，很是懂事，只是跟它说了一句"它们是流浪狗，不要欺负三宝啊"！它似乎就听懂了，它对三宝不欺负，不抢食，不占窝。不占窝就是把睡了几年的窝窝主动让了出来，自己睡在了地板上，好狗啊！

眼见三宝一天天长大，毛色形体都有很大变化，灰白变成了花白，狗毛发亮，变得肥头大耳的，像幼狮一般。虽然三宝有时在家里随意大小解，但夫人没有怨言，总是耐心引导它们怎么做，只是老待在家里已经不行了，三宝每天闹着要到外面去玩，但家中大伙都要上班，哪里有这般闲工夫。这个光荣任务就落在了克林顿身上。

克林顿平时每天外出溜达，是不用主人牵着的，自己出去，自己回家，独往独来，自由自在，小区里的人都认识它，知道它很厉害。现在用篮子把宝宝背到草坪玩耍，也都由它看守着，照顾得很好。小区里的人来围观看热闹，克林顿不让人靠近小狗狗，只能遥望，不可动手，至于小区里的狗狗，更是不敢越雷池一步！

三宝时不时要骚扰克林顿，它们不懂事啊，时常把克林顿的小鸡鸡当奶头啃，咬得它痒痒的，十分难受，可又不能对三宝发火，只能忍着点哦！

4

夫人说啦，十几天了，不知三宝的妈妈现在怎样了，你能不能去看看？是啊，其实我时常想起这个坚强的狗妈妈，它为什么不肯跟宝宝一起到城里来呢？这是一个谜团。

我又驱车驶往那个遥远的没有村民的村庄，来到我魂牵梦绕的老家，大哥家的农舍已被拆了，只剩下了两三段断墙以及遍地瓦砾。喔，眼前的一幕使我惊呆了：狗妈妈正正襟危坐在屋前的瓦砾上，它还在坚守着主人的屋子，看护着脚下的破砖碎石。它，或许还在等着主人回来，或许等待与孩子们团圆，或许在回想着过去的美好时光，好狗！

我一路走过去，走遍了整个村庄，村庄的主体已经不复存在，农舍都被掀翻了，我努力回忆着村庄过去的模样，企图在脑海里还原村子往昔的美丽面貌。我终于想起哪些地方是婶婶家，哪些地方是大妈家，哪些地方是我儿时玩过的小屋子。几间破残的屋子前，又惊现了几条厮守老屋的狗狗，它们或坐或立或匍匐，但都是在自己的家门口，它们疲惫的眼神向我射出仇恨的目光，仿佛是我拆了它们家的房子。未知其主人是有意还是无意把它们落下抛弃的，但可以肯定的是它们对自己的主人忠贞不渝。那个狗妈妈，跟这些狗狗一样，都是"负责任"的狗狗！

许多日子以后，三宝都长得能吃饭了，在网上发布了一个信息，请求给它们各找一个新家，可爱的狗狗图片引来许多网友，大家约好在同一时间到我家来领养。

就要与三宝分别，也许再也见不到了，不禁伤感万千。三个素不相识的网友怀抱着心爱的狗狗，向我和我的夫人挥挥手，对宝宝说："跟爸爸妈妈说再见吧！"三宝一齐狂吠了一阵，不肯说再见。

狗狗的善心、爱心和责任心，值得人类去认真学习，而当下的许多人就是缺失这种精神和美德。我倡导人类向狗狗的某些美德学习，并不是说人不如狗，而有些人的德性确实是连猪狗都不如的。善心、爱心和责任心，原来也是可以称为人生三宝的。用狗狗的"三宝"，去对待农民，对待拆迁，对待所有应该受到人格尊重的民众，就会远离自焚和杀戮……

家　蛇

拆迁前一天，母亲备了一炷香火，一大包金银"元宝"，步行到镇北七八里外的老家前山房，老宅门前已是杂草丛生，但老屋依然亲切，那斑驳的大门、斑驳的墙面以及那斑斑驳驳的记忆。

1989 年，我在常州北门外小新桥镇上做中学教师，全家挤在一间筒子楼里。为解决住房问题，镇政府给学校批了一块地皮，鼓励教师自建房屋，但我苦于缺乏资金，困难很大。为了解决祖孙三代的住房问题，我决定举债修建。老父亲表示积极支持："既然如此，就把老房子拆了吧，它的木头可做门窗，乱砖可打墙脚，杉木大梁，网砖青瓦，没有新旧，都可派用场，无须另置，这样，能省去一笔费用。"这件家庭的大事，就这样敲定了，但一提到老房子，母亲又想起那条长期盘

走向自由的村庄：高建新散文选

踞在我家的青风梢来，不免心生忧虑，如把老屋拆了，家蛇住哪去呢？

母亲先在门口点燃香火，神态十分虔诚，心中思量，几百年的老屋了，其中定有生灵，如今却要把它们赶走，使它们无家可归，实在有些对不住它们。老母一面闭目沉思，一面嘴唇颤动，念念有词："今来老屋，禀报祖先，明日要来拆房，不是后辈败家，而是为了创业。日后小辈更当努力，家业更当兴旺，新房更当辉煌，以耀先人荣光。有生灵者，请各奔前程，虽则留恋旧屋，诚然人各有志，此乃人在江湖身不由己也！瞻前顾后，家道兴衰，自有你等辛劳，不可埋没……""金银元宝"及纸钱在草丛中燃烧起来，香火萦绕老屋四周，弥漫整个村庄。"上苍保佑，来去自由。前程似锦，江山依旧。吉星高照，一路走好……"

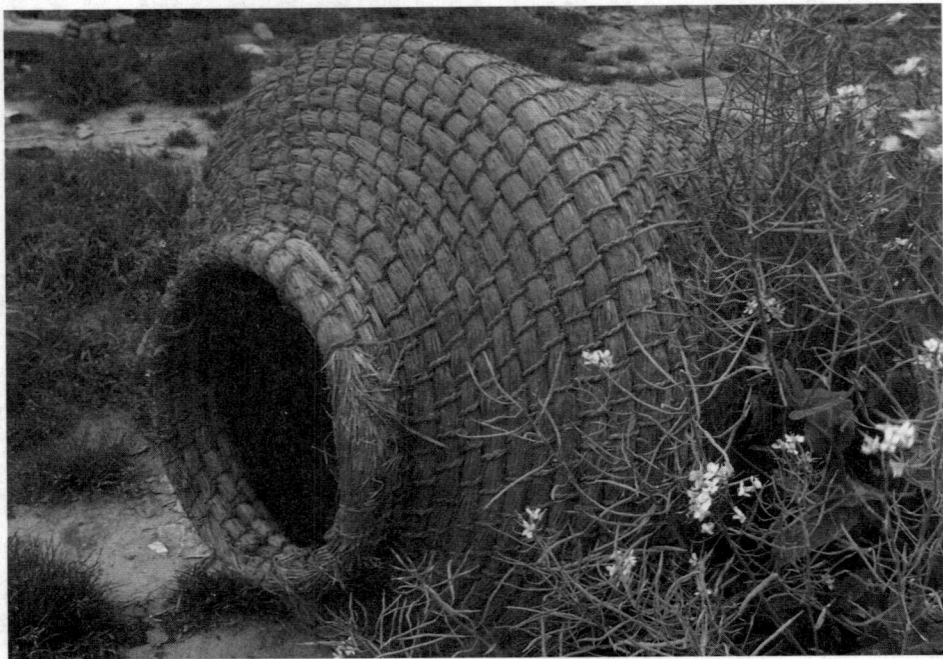

老母慢慢打开大门，里面布满了蜘蛛网，但旧物依然整齐。母亲还未来得及跨进门槛，只听扑通一声，有东西从大门上方掉到地上，母亲定神一看，正是那条青风梢。母亲惊愕不已，急忙跪下，闭目合十，心中重复祈祷："上苍保佑，来去自由。前程似锦，江山依旧。吉星高照，一路走好……"

新房尚未建好，全家暂住镇工业公司三楼。第二年夏天一个中午，母亲听见楼下有人喧哗。原来，楼下临街摆着一个西瓜摊，搭着篷布，有一条蛇从我家三楼窗口摔到了篷布顶上，把正在睡觉的卖瓜仔吓了一跳。老娘心头一紧："它跟着来了！"赶紧下楼寻找，未见踪影。从此，便杳无音信。

前几年，我在城里和郊外一个庄园里各置了一处大宅，与妻儿住在远离老家的地方，母亲每到城里小住，她会情不自禁又想起老屋的青风梢来，思量它现在何处，是否平安？不知为什么，每当此时，母亲总感惆怅，几竟伤心落泪。

那年，儿子高考考上了一所军医大学，去报到那天，由我夫人开车送他。临行前，当她打开后备箱，里面惊现三条青蛇，其中两条是幼崽。她分明见得，那条老蛇背皮上有一块白色刀疤。她心里咯噔一跳，倒吸一口冷气，急忙捂住嘴，差点惊呼出来。

孤独的守渔人

人有盼头或许会活得快活一些，灰头土脸的星星时不时要扳着脚趾计算日子，看看老婆哪天来"探亲"。每个月底，是他最向往的时光。这一天，他老婆要从城里过来，给他带来香烟、白酒什么的许多好吃的好用的东西。这不，今天他收拾得像个新郎官，可精神啦，还偷偷把老婆专用的洗面露洗了两三遍，自我感觉像个人样似的，才安下心来。

老婆往常在上午九点时分就会到家，为了准备中饭，他一大早就下地掐了两把空心菜、南瓜藤，还准备下网抓一条鱼，这会儿，挑在竹竿上的丝网终于撒下了河塘。

这里的村庄静悄悄，静得让人窒息而恐怖，因为这里是最后的村庄，是没有房屋的村庄，几乎没有。没有房屋就没有人住，没有人住就没有了人气，没有人气的村庄也就要玩完了。

最后的村庄的最后的一个屋子，其实是一间破旧的鱼舍。几百年的老屋不见了，青黛色的老瓦被碾得粉碎，大树被连根拔起"移植"到城里商品房的周围，齐人高的杂草淹没了大片大片良田，灾难也降临狗儿猫儿头上，被村民落下徒然变成了丧家之物，开始浪迹江湖，自生自灭，它们除了在破碎的原宅地苦苦守候空等主人外，便是发出几声悲愤的哀号和呐喊。

大扫荡啊！

也是在一夜间，青翠的竹林蓦然开满了朵朵白花，给凄凉的田野平添了几分淡淡的悲壮……

一条大鲢鱼缠在了丝网上，拼命挣脱，企图获得新生，但它的命运注定要上刀山下油锅，它哪里晓得，轻如纱巾的丝网是很厉害很厉害的，决不会放过任何漏网之鱼！当星星拿着明晃晃的菜刀杀鱼时，心中袭来阵阵惆怅。整整一年以前，左邻右舍就陆陆续续离开了村子，他之所以成为最后一个留守者，是因为自己三十年的鱼塘承包期只经营了十一年，这四十四亩水面的鱼塘，是他毕生的心血，实在是亏不起啊！他的三个大小不等的鱼池的河滩都是用水泥预制板砌成，并建有两套排水、过滤和增氧系统，过去的十年，一直在进行建设和改造，压根儿就没赚到什么钱，好不容易等到有出息的时候，犹如宝塔要结顶了，却要毁了它，又得不到多少补偿，星星自己下不了手啊！这时，他感觉自己就像手里抓着的鱼，全然是刀砧板上的东西，由不得自己做主。一生气，把菜刀扔进了鱼塘。他又发疯似的冲进屋里，拿出一

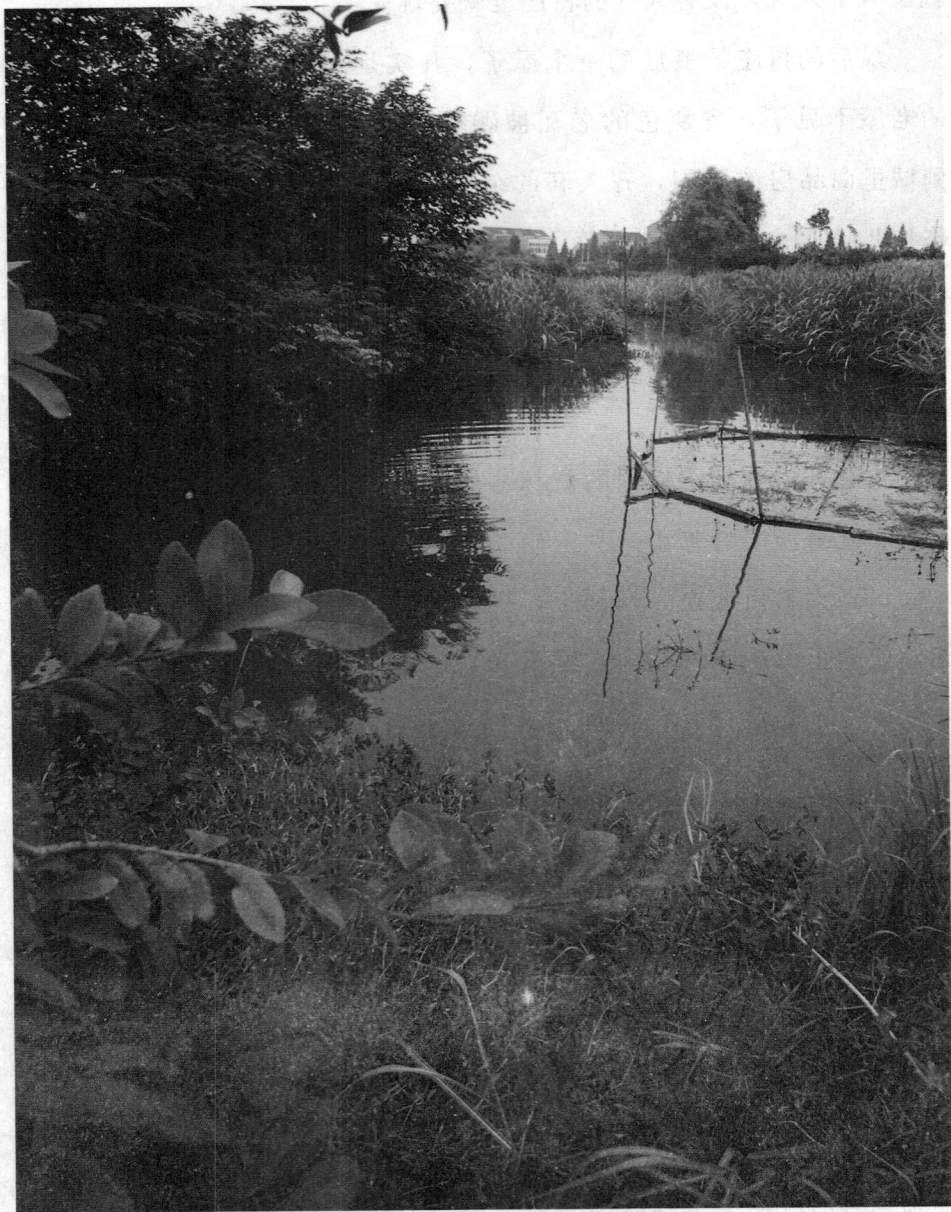

把菜刀，几十上百下，把那条鱼儿斩杀得稀巴烂。

他脸上和胸口溅满了血，累了，一屁股坐在了地上。

这时，他布满血丝的眼睛，又见那条南北向的亲切的机耕道，这是他老婆回来的必经之路。每天每日，注视这条道路不知有多少回多长时间，他的眼睛在牛仔草帽边沿下闪着野狼般的光。

是"农改"的春风，使星星这个穷小子变得有模有样起来，"分田到户"的农业生产责任制，把星星解放了出来。从无到有，白手起家，到后来拥有了两间二层楼房，两间平房，一间地下室，一个水泥地面院子，翻身啦！想当年，他做梦没想到自己能富起来，而如今，也是做梦没想到一下子又受穷了。

去年这个时候，他的村子整个被"征收"了，"正房"已经被拆，从他在"补偿合同"上签字画押那一刻起，他的房屋和土地就化为乌有，烟消云散了。能获得的是两套安置房，这就意味着他和他的子女们将开始崭新的生活，新得他无所适从，失去了能使他们自给自足的土地，开门七件事，吃什么？新房入住要装修，"简装"也要一笔钱哪，唉，想法子去借借看吧。至于这鱼舍鱼塘，当时星星死活也不肯签，万一落笔，他就要倾家荡产！

等人心焦，等老婆更心焦。眼见快近晌午，还不见老婆的身影，星星有些发急起来。这也难怪啊，她要转三趟公交车，到了镇上，又要步行五六里路。她已经拿了十几年下岗生活费，去年村子被征地后，粮食、蔬菜、禽蛋之类东西就没了着落，便重新"上岗"，回到原来的公交公司去上班，如此，每月能挣一千二百块。这对这个家是不得了的事。上头原先说了，等"正房"拆了，立马就来处理鱼塘、鱼舍、

树木等补偿的事，可是，整一年了，现在连个鬼老三都不见。星星托人到镇上去打听，有人说，那里近几年还开发不到，急什么？星星闻知，心中气恼，早知如今不急，何必当初相逼！这几百上千亩地白白荒芜，少收了多少稻谷和小麦，少养多少鸡鸭猪羊，少种多少各式各样的新鲜蔬菜啊！

星星把热腾腾的饭菜摆上了鱼舍门口的一张小桌子，静候老婆子回来。那机耕道上，还是没有老婆的身影，只有拖拉机烦心地吼叫。

这时，星星的手机铃声突然响彻天空，他立刻起身，激动万分，肯定是老婆的电话。星星平时很少打电话给她，还不是为了节省那几个钱吗！星星努力使自己平静下来，并看准接听按钮，一按，一听，果然是老婆的声音，但另一头的声音带着哭腔。

原来，今天老婆一大早就到了镇上的乡里，且是由公交公司的经理领着来的。前几天交通局领导约谈经理，说是公司有个职工在乡下做了钉子户，影响了国家建设，希望他做好思想工作。经理找她谈了，这次无论如何要给他一个面子，回去把鱼舍鱼塘的协议签了，不然，我公司也不能留用你了。

只听那一头老婆还在诉说着："星星啊，有我回来陪你了，你可不用独自看鱼了，快到家了，等我。"

星星听罢，双腿一软，瘫倒在鱼舍前的菜地里。牵牵见状，趴在主人的身上狂吠。那叫声，在最后的村庄上空久久回荡，七八只野狗狗也闻讯赶来，眼睁睁望着这位倒在田野，一面抽搐一面抓紧泥土不放的老爷爷，一齐朝天叫唤个不停……

摇篮唱晚

1

你躺在夕阳的余晖里，晚风飘拂，扑面而来，轻轻抚摸着你不安的灵魂。你矗立在荒原尽头的草丛之中，美艳的野花簇拥着你的倩影，空旷的蓝天映衬着花草，柔美的春风摇曳着回忆。翠鸟从空中俯冲下来，注视着你的容貌，在你的头顶盘旋，鸣唱着你喜欢的歌。

数百上千年古老而美丽的村庄，因为"城市化"，一个个消失，又一个消失了。

把你掉落在了老屋中，丢弃在田野里，任何生灵不能漠视你的存在，因为你曾经是人类的摇篮。

2

夕阳不吝啬自己的金子，用一把把纯金碎片，从空中抛下，撒向你，于是，在草地、在天空、在你心坎的每个角落，无不熠熠生辉。

啊，犹如小天使降临风尘，给灰蒙蒙的大地抹上一片绿色，给生命带来无尽的活力，躺在童话仙境里的你，睡着了吗？

也许，你已经进入梦乡，因为，风儿在轻轻摇晃你的身体；也许，你还没睡着，因为，我知道你心中充满困惑及惆怅。那么，果真如此的话，就允许我对你诉说，知道你爱听真话：你被抛荒原，诚然是你的命运所致！

3

命运，算不上什么东西，但它往往不听我们的吩咐，会自行其是，从不计后果。我现在要告诉你，并对天发誓，绝不是要将你抛弃，而是我们前行的步伐践踏了你的身，碾碎了你的心。祖祖辈辈的农夫，要做城里人啦，数千年的广阔天地——农村将被城市化推进，只因为那里空间有限，许多心爱的家什包括你，实在难以与主人同行，有的只能作为烧锅的燃料，变成灰烬，用它们全部的余热完成了最后的使命。

摇篮君，你所在的村庄，如今已经变成了这片土地上最后的村庄，这是为了铺设北京到上海的高速铁路，要建设一系列的工程，原有的老屋要拆除，你的主人只能忍痛割爱，把你事先搬到屋外，放在一个空旷的地方，让你自生自灭，这不失为一种无奈而理智的选择。

摇啊摇，永远不忘记你把我们摇出来的感觉，无论你在天涯海角，不管你化作尘土或空气，我们会永远记挂着你，并长长久久地留在我们的记忆中。

4

你来自古老的过去，走过历史的长河，你的年轮如天长如地久。我所见过的摇篮，为竹编制，有六只"脚"，都是毛竹片，其中前后两只脚高出一截，以营造可供摇晃的空间。忘不了，那椭圆造型，两头翘起，精巧美丽，宛如一艘温馨的小船的你。忘不了，我在这艘小船上，渡过了母亲的爱河和你的温馨。忘不了，母亲的怀抱给了我生命、情怀和呵护，你的怀抱给了我休憩、梦想和成长。

我的父母、祖母、外婆，我的所有在我幼童时给我爱的人，都曾经握住你小船的舷，轻轻摇晃，徐徐向前，直到彼岸，小船里的梦，一个接着一个，我笑了，我哭了。童年的梦，直到现在，有的实现了，有的还在继续。为了人类的幸福，不能没有梦，最早的梦，就发生在你的这艘小船上……

5

无须困惑，无须迷惘，无须惆怅。你已经到了光荣退役的时光。当你走下历史舞台，已是子孙满天下，情怀融江河，人生的河流，有你的身影，历史的步伐，有你的足迹。你还时常令人情不自禁打开记忆的大门，永远怀念爸爸、妈妈、祖母、外婆以及所有爱你的和被爱的人……风，带来了你，也带走了你。我与你一样，从哪里来又回到哪里去。你的芳名是永恒的，我的名字很快就会被淡忘；但这不要紧，我对你的爱永不褪色，我对生命和生活的爱永远炙热。

6

再见了，摇篮老君，今生有缘，曾经相拥，来世有福，想再躺一

回小船，渡过童话世界里最美最长的河。

再见了，摇篮老君，夕阳西下了，这并不可怕，这是苍天送给你礼物，它能使我们的灵魂获得永生。不是所有的生灵都享有这样的厚礼，只有你，以及与你同样具有大爱的生灵，才会永远活着，并在人们的记忆里诉说着人生的故事，还有，人生的精彩。

再见了，摇篮老君，晚风为你一路洗尘，小鸟歌唱为你送行，请带上大把大把的金子，去做你的盘缠吧。

再见了，摇篮老君，勿忘我，我曾经深深地爱着你，请求用你的伟力，呵护我的事业，照亮我的前程。

惊梦二妹子

我看见你了，我的胞妹，在一个黝黑的夜晚，你的周围是蓝色的死光，你脸色苍白，笑容殆尽。你的大眼睛失去了光彩。没有哭声，唯有恐怖的寂静。你辛酸的眼泪像断了线的珍珠，一颗一颗掉下来，娇小的脸庞凄泪横纵。你的泪水，是岁月的"酸雨"。

我看见你了，在那个黑夜，我的妹妹，你还是那样天真，还是那样淘气，一个4岁女孩清清秀秀的模样。你的两条羊角辫，还是如此美丽，如此灵巧，如此乌黑发亮。辫梢上的蝴蝶结，随风飘逸，但不是在明媚的春光里，而是在阴霾的凄怆中。

我看见了你，穿着一件洁白的短袖圆领衫，里面映衬着淡淡的花，待我定神看时，发现竟是五颜六色的凤仙花。是啊，过去我们老家的

屋前屋后长满了凤仙花，年复一年，花开花落，直到我和妈妈离开老家时，凤仙花还盛开着。时隔数十年的今天，我才明白，她，也许就是你优美的影子。

哦，我抱起了你，让你坐在我的腿上，我亲吻着你的脸颊，我感觉到了你泪的苦涩，我的泪和你的泪融合在了一起。

此刻，从那死光里出现一个老者的身影。我惊诧，这身影是多么熟悉！喔，那是我们的父亲，一个慈祥的老人，一个饱经风霜的先辈，一个深深地爱着我们的长者，我只看到了他的侧影，他向来不善言语，什么也没说，心疼地从我手里接过你，接过一个他曾经的掌上明珠，他吻了你可爱的小脸蛋，把你紧紧地抱在怀里。我突然一下子见到了两个亲人，感激之情难以言状，只是呆呆地看着你们，又惊又喜……

这时，我在梦中惊醒，我的泪，湿透了半边枕巾……

这是公元 2005 年 5 月 11 日深夜，我和我的父亲、小妹子意外见面的情景。我心难以平静，从床上坐起来，立刻在日记本上记下这难忘的相遇。

妹子啊，假如你尚在人间，应该是 40 有余了。倘若父亲健在，已是古稀老人。为何我们在这个时节"邂逅"，也许，那是因为凤仙花又开了。在那个"瓜菜代饭"的年代，在那个青黄不接的初夏，4 岁的你，肚子饿得不行啊，不知你到哪家的地里采了一条黄瓜，蹒跚着走向大路沟，这是紧靠着屋子东面的一条小河，河边有一个乱石筑成的码头，是用来淘米洗菜的，你准备去洗一洗黄瓜充饥。你手里拿着黄瓜，高高兴兴走向码头，也走向了死亡。那天上午，爸爸妈妈都到队里干活去了。大约上午 10 点，我发现你不在家，就赶紧外出寻找，先到村前码头去找，一看，没人，忙又跑向东面的码头，到半路，忽听有人直着喉咙大喊："谁家孩子淹在河里喽！"我跑过去，见你浮卧在靠近码头的河中，水面上，一根黄瓜漂向远方。

当把你打捞上来时，你脸色刷白，肚子里灌满了水，但嘴唇还没发紫，有人说还有救，乡亲们手忙脚乱地开始急救行动，所谓急救不过是把一只大铁锅翻过来，把灌满水的肚子搁在上面，没有口对口呼吸，更没有救护车和医生。你的生命就这样在哭声和混乱中结束了，留下来的是爸爸、妈妈和祖母呼天抢地的痛哭，是亲人无边无际的思念，是心灵永远抹不去的创伤。家人把你埋葬在村东南华池的河边上。我没能看守好你，没能及时找到你，从我那年 9 岁至今，几十年来，我一直责备着自己，在愧疚中度日，我不能原谅自己。

　　好妹妹，现在我还要告诉你，我们原本全家在上海，我们来到常州老家，也许是历史的误会，也许是命中注定。1962 年，我们的国家遇上三年自然灾害时期的巨大困难，城市压力很大，那时父母都是上海的正式职工，并参加了工会组织，为了响应国家"支援农业，下放农村"的号召，父母带着我们兄妹全家五口人，来到了这个又穷又破的地方，来到了这个伤心之地，也是回到了祖先生活过的故土。为什么要回来，该不该回来？这些，我们什么都不说了。爸爸后来调回上海一家军工厂，他曾给我来信说："国家困难，匹夫有责！"我们还能说什么呢？爸爸的话永远不会错。

　　玉芳妹，不讲这些了，事到如今，还上什么政治课!？说说你的姐姐吧，她长你两岁，属鸡，今年该是她的本命之年。那年初中毕业后

没考上高中，便回家"务农"了。当年深秋的一个早晨，天刚微亮，她就和大人们一起，上工收割稻子去了。那时，月亮还没有下山，霜晨满地，寒风凛冽，且要"鸡叫作到鬼叫"，年少体弱的她，如何能受此折腾?!几个早工夜工下来，患上了严重的风湿性关节炎，身体发热，大队"赤脚医生"未知何病，给她连打了一个月针，仍高烧不退，后到上海大医院检查，方知不妙，医生说"来迟了"，病情已转化为"风湿性心脏病"，瑞金医院的专家教授们，眼睁睁地看着死神向花季少女走来，扼腕痛惜。姐姐在1976年秋病故上海松江，时年19岁。次年清明节前，当她的骨灰从上海运抵常州老家时，全村父老乡亲，无不为之动容，悲泣之声，绵绵不绝。爸爸妈妈痛失了两个爱女，我痛失了两个胞妹，这永远的痛，永远的恨，永远的爱，何处是尽头?

　　大约是去年秋天，我也梦见了她。当时，我们相距仅一丈之遥，她站在后门外"半亩头"，这是我们家的自留地。那是一个早晨，山芋地里弥漫着雾气，那白色的云雾萦绕着她娇美的身躯，她跟过去一样可亲可爱，一样白白净净，一样漂漂亮亮，瓜子脸，短辫子，双眼皮，她的刘海整洁有致，略带晨露，在雾中微微飘洒，看上去是刚刚梳妆打扮的。她从天而降，使我胸中立即涌动喜悦之情。我对她说："走，我们回家吧!""我不回家。"这次我们见面的时间很短，一共只有这一句对话。她的声音不高，但似乎既无奈又果断。话音刚落，只见雾气升腾，她便消失在混沌之中。我正急着寻找，自己就醒来了。我努力记忆着当时的情景，她手捧着一簇凤仙花，默默无语，在她脚下，满满匝匝盛开着凤仙花，在一条条长长的田埂上，布满了花的身影，一直延伸到白雾之中。凤仙花高一米余，其花形酷似腊梅，多红、白颜色，而红者，又分为紫红、粉红、玫瑰红等，深浅错落，浓淡相间。枝壮叶翠，碧绿如玉。七八月盛开，花缠枝头，清香扑面而来，秀美自然可掬。那是一个仙境，蓝蓝的天空，鲜艳的花朵，缠绵的晨雾，寂静的空间，还有她，一位如花似玉的少女……那时，她是最喜欢凤仙花的，在她那低矮农舍的房间里，粗糙的陶罐里插着凤仙花枝，当时的农村，除了马兰花、野菊花、南瓜花、油菜花，还能有什么花呢？在她看来，凤仙花是世界上最美的花了。

哎呀，大妹子啊，那次我见到你，犹如哈姆雷特见到了他的父亲，惊喜万分，可为何不是在别处？莫不是，我们常在那块地里种瓜、拔草、施肥、收获，那里有我们一起劳动的汗水、辛苦、喜悦和果实。我记得我们每年要种一片黄金瓜，每天能采摘一小篮子，母亲从来不拿到街上去卖钱。她说："你们已经很辛苦了，还卖个啥？吃吧！"这正是：人生的道路我们一起走过……

大妹二妹啊，我们的父亲从上海退休后，受雇于一家合资企业，已在1994年9月27日因脑出血撒手人寰，现母亲七十又三，身体尚好，只是早已白发苍苍。希你们照顾好父亲，大妹子照顾好小妹妹。你们现在所处的位置在我们这座城市的北郊，是我们老家的北华池，是一块风水宝地，那里，桑梓林茂，良田百顷，瓜香水甜，羊肥鱼跃。农家花园小楼，恬静雅致，目不暇接，且凤仙花开遍野，在温馨的阳光里摇曳，在大地的春风中荡漾。这里已成为一个生态度假胜地，长江之水自北面滚滚东去，沪宁高速从南边穿梭而行……在这片土地上，曾有你们洒下的一腔热血，曾有你们走过的青春足迹，曾有你们留下的无边眷恋。

凤仙花，虽无华贵之气，且具清丽之风。她是万花丛中的一朵小花，犹如人群中一个小人物，属于不起眼的角色，而正是这些不起眼的"东西"，铺就了大地的光辉。她虽是一年生草花，年轮短暂，却生命顽强。入秋，花儿开始凋谢，每朵花却能结出几十颗种子，它自动撒落大地，来年开春，又发新芽，以此往复，未有穷尽。花开花落之后，她可做肥料，去肥沃我们的土地，去激励新的生命。正是这些无名之花默默无闻忍辱负重的奉献，而使我们的家园一天比一天美丽……

诚然，凤仙花毕竟是一个个鲜活的生命，而当春天来临的时候，她们本该无忧无虑，尽情享受童年的快乐，享受雨露的滋润和阳光的沐浴，可是，向她们泼洒的竟是悲凉和辛酸。这是为什么？是否，苍天也会瞌睡，也会迷途，也会作点孽，弄出些罪过来？

抛弃自己

　　想不到拆迁安置进城还有这样一个难处，就是要把自己的过去扔掉，把祖祖辈辈的往昔丢弃，跟数百年的村庄和老家说，永别了！

　　拆迁搬家总是很快乐的，可是海大就是乐不起来，老婆要求海大开心点快乐点，她也要求自己快乐点，这样，两个快乐加起来就是快快乐乐了。

　　快乐个屁！海大是种地的粗人，开口就是粗话，到今天还不知道文明是什么模样。他老婆是高中生，结婚以后几乎每天要开导他，给他上政治课，海大有时也听得认真，但多半是东耳朵洞进，西耳朵洞出，那政治营养在脑袋瓜子里还没有捂热，就冷却了。

　　搬家有什么不好!? 那里有大超市，有幼儿园小学，有品牌服装打折店，有各式各样的小商店，还有游乐场、电影院、小吃一条街……

"你就知道吃喝玩乐！"海大对老婆的广告词很不以为然，"没钱到城里去玩个屁啊？"又是一个屁。

"怕什么，泥萝卜揩一段吃一段吧，车到山下必有路，船到桥下直直过哦！"老婆总是快乐的，但没法做到快快乐乐。

按照上头拆迁的规定，凡是非建筑物上的固定物体，都与房屋无关，不能算钱，都可以由房主自由处置。有些东西该丢下的就要丢下，不要老是在往昔的阴影里挣扎。许多人把锄头、钉耙、铁锹、镰刀、大铁锅什么的都当废铁卖了，这些玩意搬到城里去还有屁子用场！

海大可做不到，这搬家，他越搬越郁闷！在他这个没文化的粗人看来，老宅，是几代代人苦心经营的产物，是祖祖辈辈撰写的一部史书，是能够回望故人又照亮后人的一面镜子。那一砖一瓦，一窗一门，一锅一瓢，一桌一椅，一针一线，一罐一钵……也许，每一件，或有一段往事，或有一个精彩故事，或有一处刀刻的历史留痕。

就说那张斑驳破旧的八仙台吧，是株木雕花的粗笨家什，原是外婆送给他家的，之前已经在外婆家用了两三代人，几十年以前，娘舅一家迁往城里，老房子也快倒塌，可怜这旧家伙，似乎就没了用武之地。在海大家里，也用了祖孙三代。前后加起来至少传承了五代人。外婆的祖上原是苏北逃荒来苏南的，一生以雇工为生，外婆十三岁就"嫁"给了一个富裕人家，做童养媳。外公是一个双目失明的算命先生，但因霍乱夺去了生命，年三十余，属"英年早逝"，他最终没有算好自己的命。那时外婆年轻美貌，但为了四个小孩，终身没有改嫁，受尽人间之苦。

海大是在解放初的国家困难时期出生在上海的，是外婆从常州乡

走向自由的村庄：言建新散文选

下送去了七八斤大米十几个鸡蛋，给了海大妈妈坐月子喂奶时的营养，渡过了难关。海大出生时，外婆就守在妈妈的床头边，外婆是第一个迎接海大降临大地的人，她是妈妈的接生婆啊！

如今，海大看到这张八仙台老旧的木纹，就像看到外婆饱经风霜的脸庞，仿佛感受到故人艰辛的岁月，以及那个年代的风风雨雨。

那张摆在客厅里，三米七长的红漆长台，在周围邻居中是最棒的，海大也是爱不释手啊！台面宽四十公分厚九公分，是一块独木红松。下方有两个木门柜，两个玻璃柜，两个带锁的小抽屉。那是"农改"分田到户，日子好过起来后，添置的第一件值钱的家具。这样长大的家伙，公寓房只能朝它干瞪眼，容纳不了啊！

能拿的，海大都拿上了。那个造型笨拙，厚厚的玻璃花瓶，是海大的父母在上海结婚时唯一的纪念品，海大已经把它擦洗干净，细心珍藏起来。

又有几个村子开始征地了，傻乎乎的海大收集了不少村民丢弃的东西，他以为这些东西，绝不是弃之可惜，食之无味的玩意，而是我们的村史，我们的一种文化，我们的一种精神。若干年若干代以后，或许我们自己都不认识自己了。如果一个人连自己都不知道自己是谁了，那么，必定会出现迷茫、失落和郁闷，会在前行的路上找不到方向。

在海大的农民公寓里，堆满了农具、石臼、食槽、土布纺织机、摇篮、水车、渔具、老家具、炊具和餐具等等，像个杂货仓库，他感觉这样多少能够留住一点过去的自己，好多人说他简直是"痴鬼"，海大说，走着瞧吧，看看谁是痴鬼！

腊雪纷飞

河湾村的雪有一股暖意，捧一块在手心，你不仅不感到寒冷，反而会感觉温情浓浓，心潮澎湃起来。河湾村的雪洁白而宁静，假如你想净化自己的心灵，使自己"淡泊"起来，请来河湾村吧！

传说，毛泽东喜欢走没人踩过的雪地，那么河湾村有的就是这样的雪地，仿佛在这片空旷灵秀的雪地上，总是找不到一个脚印，总是等待着你的到来，你就是第一个来踏雪的人！

大片大片的竹林和树木，棉花般的雪朵裹住的枝叶、田野、房屋、河流、小路全都改变了模样——即使像我如熟悉自己老婆一样熟悉这个村子的人，一时也找不到，它们躺在白雪的深处。

村民们在大雪覆盖的房舍里，开着空调看电视，打牌，搓麻将，

喝酒，这个时候，有的就是好酒好菜好烟，春播秋收，现在是寒冬腊月，是享用的日子。

全村的狗狗无论"男女老少"，都倾巢出动了，在家里待不住，在雪地里狂奔欢呼。"落雪狗欢喜"，这是为什么？原来啊，狗仔一般都喜欢吃米粉团子，它们以为，这从天而降遍野白色的东西，都是米粉，简直高兴死啦！

树林中的各种蛇都躲了起来，藏在河滩、树根后面深洞里，与田鸡、蟾蜍、黄鼠狼等一样，开始不吃不喝——冬眠了。

小麻雀在空中盘旋，在茫茫雪地觅食。大雪覆盖了所有的植物，青青小麦被厚雪压着，麻雀努力扒着雪堆，想找到一片青草叶子，谈何容易？

这时节，"一草难求，粒谷难觅"啊！饿坏了，可怜的孩子们！你们就不能像老鼠那样，储存粮食，在遍野青草的时节，储备草料，在秋日满田散落稻米时，储存粮食。在平时吃饱了撑的时候，该想到饿

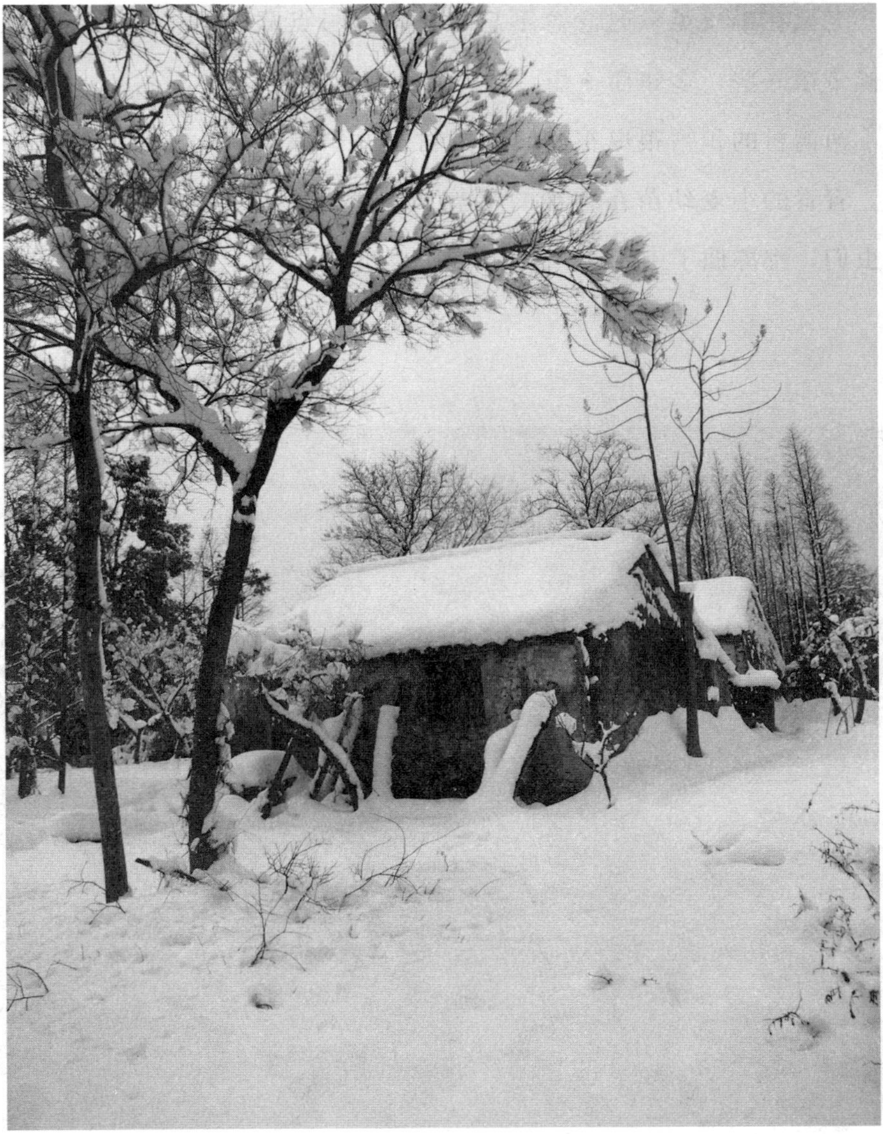

肚皮的日子，现在饿得头昏目眩，又有何用？

要在饱的时候想到饿的时候，不要在饿的时候想到饿的时候。

老鼠在半夜觅食时念念不忘储备，有一点藏一点，甚至在饱肚的时候带饿一些，多储存一些。居安思危啊！

河湾村的积雪很厚很实，周围村子的雪都快融化了，它才开始化雪。青青的小麦幼苗在雪被的覆盖下，享受着水营养的滋润，而那些害虫们，都冻僵了。

第二章　但愿人长久

安魂鸡

表弟从病房里冲出来，胡乱嘶叫："来不及了，快点，快点！"叫着，喊着，只见他一屁股瘫坐在地上，哭成泪人儿似的。他嘴里不停地胡言乱语，呼天抢地，似乎天就要塌下来似的。表弟几近崩溃，我向他嘴里硬塞了一粒"安定片"。

原来，弟媳妇真的是不行了，她年轻的生命之路行将走到尽头，现在当务之急，是要趁着她还"活着"的短暂时光，火速把她接送回家。因为，按照当地农村的风俗，无论发生何种情况，要死最好死在家里，如果家人死在了外面，并把遗体搬回家，那么，他的魂魄就掉落在了野外。于是，她的灵魂就会在外游弋，成为一个游荡的孤魂，并永远得不到安息。凡遇上这种不幸或不测，在把已经失去生命的亲人接回家进门之前，需爬上自家的屋檐揭开八九领瓦片，这样，已故亲人的遗体就可以进门回家了，这叫"揭瓦迎故"。

但是，现在遇到了一个新问题，过去居住的老屋都已被拆迁，消失殆尽，不复存在，而代之以几十层的高楼，且多为平顶，确实已经没有瓦片可揭了，怎么办呢？什么都不用说了，趁着春娣还有一口气，赶紧把她接回家了再说！

救护车已经紧急停靠在病房大楼门前，发动机已启动待命，准备启程，护士，护工们如临大敌，前呼后拥，推的推，拉的拉，把弟媳妇塞进汽车。离农村有二十来里啊，医生给她打一针强心针，靠这一针，春娣能够挺住，熬到进家门那一刻吗？

春娣静静地躺在担架上，看上去已经睡得很沉很沉了，液体已经无法输入她的动静脉，年轻而又苍白的脸庞笼罩在死亡的恐怖之中。她心脏已经停止了跳动，如果说她还有什么生命特征的话，那就是她的脑细胞还部分活着，也许，她还能听见外面世界的一些动静，如她丈夫的哀嚎声。

"跟我们一起回家吧，你的魂灵，我们的魂灵……跟我们一起回家吧……"表弟的哀嚎似乎变成了哀求，救护车拉响了警报，在田野里仓皇疾驰。

这时，表弟紧紧拉着春娣的手，据说这也是延长对方生命的一个"绝招"，就是说拉着她的手，尽管不能阻止她匆匆来去，但可以让她慢慢走，慢慢走，尽管她的双手已经变凉，发硬，但表弟还是把她抓紧不放松，就像当年拉着她柔嫩娇小的手，在公园里散步一样。

快要到农民新村了，一直未开口的司机开口问道，人怎么样了？

表弟心想这还用问？不过谁又能说她死了！不方便说啊！见表弟未做声，司机又问了一遍，还说一定要说真话，不能勉强，活的就活的，死的就是死的。活是活的做法，死是死的做法。快告诉我！表弟料想司机这样的世面见多了，所言自有道理，便长叹一声："师傅，我家老婆已经凉了"。

师傅一听，立马将车停靠路边，说："事情既然是这样，也不要过于伤心，你千万不能倒下，办事要紧。种田人家老屋都没了，哪里还有瓦片可揭?! 但故人要进屋也不是没有法子可以想，这几年有了一个新发明，就是进屋前去捉一只活鸡，带着它一起回家，这样就视同故人是活着的了，你的老婆也就会得到灵魂的安息，跟活着回家是一样的。"

表弟眼睛一亮，犹如长夜中看到了曙光一般。立刻到菜场上买了一只健壮的母鸡，装在一个崭新的蛇皮袋里，拎到了车上。

到家了，众人在门口迎接，哭成一团，并有和尚，道士两班人马，诵经高唱，佛声飞扬，吹吹打打，好一个热闹场面。

表弟的姐姐见弟弟拎着一个扎口的蛇皮袋进门，问道："是什么？"

"鸡"。表弟说。姐一怔，很是不解，心中思量，这三天丧事的几十桌人吃饭，都包给"一条龙"服务的殡葬公司了，还要买什么鸡来着，真是瞎忙，莫非是伤心过度脑子糊涂了?! 但又不能责怪他，便说，好的，买就买了吧，快把它放一边去，快去办你的事，不少事都等着你处理呢！

弟弟问道："鸡放在哪?"

"放哪，还不快去交给厨师，趁早把它杀了下锅，养着会消瘦的。"

姐姐说。

表弟急了，"这鸡是代表春娣的，千万杀不得！"

"啊？"姐姐一听，小吃一惊，"这是什么意思，鸡怎么可以代替人？"

表弟把买活鸡的原因解释了半天，姐才明白是怎么回事，但一想这事还是有点不对劲："那办完丧事以后，怎么处理它呢？总要给它一条生路啊！"

表弟被问住了，一时难以解答，便说，这个我也不懂，等办完丧事再说吧！于是，表弟把母鸡关在了阳台上，又把一大碗米饭，一盆清水放在阳台上，恐怕它饿肚子，而最要紧的是千万不能饿死什么的，因为它是代表妻子生命的。

　　弟媳妇原是在十年前患上了乳腺癌，那时切除了一个乳房，这十年来一直是好好的，今年突然旧病复发，年仅四十，正当家业待兴时，却一命呜呼。也许是那年拿到安置房后，又是搬家，又是装修，又是女儿考大学上大学，还要去上班，弄得累了。表弟一直叫她不要去上什么班了，但她坚决不从，说是现在生活困难，哪有在家坐吃山空的道理！对妻子之死，表弟很是愧疚，只恨自己当初没能阻止她上班。现在说什么都晚了，所能做的，就是把这丧事办好，办得隆重一点，热闹一点，光彩一点，以弥补自己心灵的伤痛。为此，他请来当地最好的殡葬公司，进行"一条龙"服务，那"八音班"也是阵容最强的，不仅有做法事的道士，还有唱诵经文的和尚，这两班人马，各显神通，都拿出了自己最好的"手艺"，展示了最精到的礼仪、服饰和器乐。那全"新村"的人，都来观赏看热闹，赛如赶集一般。

　　按照当地风俗，把死者摆放家中，设了灵堂，第一天祭拜亡者，第二天开追悼会进行入殓仪式，第三天进行火化及安葬。那母鸡，也在阳台上向下看着热闹，且吃饱喝足，十分悠闲，但到了第三天上午，大队人马准备出发，送春娣去火化时，表弟才蓦然想起那只母鸡来，奔到阳台上一看，它还活蹦乱跳，精神着呢！拿它怎么办呢，把它一起烧了吗，还是让它继续活在人间？表弟陡然陷入了迷茫和恐慌之中。

　　表弟突然又鼻子一酸，把它一把抱在怀里，痛哭起来，一面奔跑着赶紧去请教那班和尚、道士，问他们怎么办，母鸡何去何从？

　　不料，师长和道长两个"领班"都认为，原先"揭瓦迎故"的风俗倒是有年代了，人人皆知，而这个以活鸡代故人的做法确实是"新鲜事物"，从未经历，没有经验，但以各自的教义来看，也是可以处理的，可是做法就大不一样了。

师长认为，应该让它与死者一同去火化，化为灰烬，这是它最好的归宿。道理很简单，就是，佛教主张"无生"，人生应把希望寄托于来世，追求超脱生死轮回的"苦海"，而进入涅槃的境界，母鸡若能与它的女主人一同去赴汤蹈火，也就是一个跳出苦海涅槃的过程，就会达到"凤凰涅槃"的崇高境界，于是其来世一定会得到幸福，她的魂魄也会得到安宁。

道长却不以为然，他说，肉体是精神的"住宅"，人生的意义是"生"而不是死，只有"生"，才是最真实的东西，为此，人要注重修炼，追求延年善身，从而达到长生不老，肉体成仙的最高境界。如此，

应该让母鸡延续生命，放归自然，进入不断的修炼，只有这样，死者的灵魂才能获得安息。

师长和道长各执一词，一个敲着板鼓，一个敲着木鱼，争得面红耳赤，互不相让。众亲朋好友听了，觉得都有道理，只是表弟感到有点后悔，原是只需请一班人马就够了，怎么弄得活人和死者都不知听了谁的好了。

事不宜迟，一百多号人的队伍在等候处置的命令，俩长老见事主有些为难，便表明一切由主人定夺，信则有，不信则无，不必过于计较。

表弟是个头脑简单的人，只听他对大伙说："能够活着就不容易了，已经死了的没办法，何必活得好好的要去白白送死？让她去修炼修炼，自生自灭吧！"和尚、道士见表弟如此激昂，两班人马的道具一齐演奏起来，唢呐悲凉，铜锣哀号，还有刚刚引进的爵士鼓、萨克斯、单簧管等等发出的农民新村看客听不懂的乐曲，但无论怎么说那是响彻云霄的悲壮的声音。

这时，只见表弟抱着母鸡出现在二楼阳台上，跪下，向天空拜了几下，又将母鸡亲吻了一番，把它抛向天空，母鸡扑腾着翅膀，飞落到公寓围墙的外面。此刻，但见春日麦田的地平线上，红日初升，那只漂亮的母鸡快乐地走向田野，走向远方……

紫罗兰手镯

1

奶奶在弥留之际把她的手镯交给了水姑她妈，说水姑这孩子最乖巧，就传给她。水姑赶到家时，奶奶已经归西上路了。等奶奶的丧事办完了好几天，水姑她妈还把手镯紧紧揣在口袋里还没拿出来，自己在心里盘算着，这手镯到底要不要送给水姑，是不是应该把它送给儿子呢？对这个小秘密，水姑还蒙在鼓里呢！

奶奶有八九个孙儿孙女，唯独最疼爱水姑了，老人家过世时已经九十有余，中风躺床上三年了，儿孙们都确实是忙，忙，忙，水姑是小公务员，其实也是很忙的，但偷空就回去看望，甜的咸的总会带回去，塞在奶奶的床头，所有的儿孙都是奶奶帮着带大，看着他们长大的，可奶奶感觉水姑是最有情有义有良心，吃亏赚钱从不计较。她对孙辈们就说过，将来最有出息的就是水姑娘，不信试试我的嘴！

2

奶奶过世的那会儿，正遇着农民公寓房开始安置了。水姑娘前几年就出嫁了，娘家原有四间老屋，前面两间三层楼房，后面两间平房，中间一个小院子。与水姑娘一样，她的胞弟也已经在城里结婚成家，他们的户口都迁到了城里去。按照当时规定，安置房屋是要凭户口的，在房屋评估时，家里仅有奶奶和父母三个人的户口。按照人口和老屋面积的规定，可安置两套中户，因为面积有多余，还可以"申购"四十个平方，也就是说总共可拿到三套房子。

这三套房子的"分配"方案，在家庭内部一时成了"难产"。老屋是父母亲以毕生的心血建造的，现在奶奶已经过世，如何分自然是父母亲说了算，但他俩之间很有点糊涂，也不统一。老夫妻及儿子、女儿各一套，那是合情合理的事儿，但老两口总觉得，女儿已经嫁出去了，水姑娘不该再回娘家来得这份家产，但又想想，儿子媳妇对父母很少有一个照应，倒是女儿常回家看看，凡是生病肉痛，穿衣着裳，逢年过节，还有每年他俩一两次旅游，都是女儿操心，每年花的钱比儿子多得多，这房子不给女儿一套，很有点于心不忍，但"嫁出去的女儿泼出去的水"嘛，这个家的传承，还是要靠儿子啊，女儿毕竟已经是别人家的人了，不是吗？从这一点来看，另两套房子，还是都给儿子吧！

老两口顾前思后，一时拿不定主意。

3

再说那手镯的事儿，听奶奶说，那手镯是不知传了几代代人马的宝物，是奶奶过门那天，婆婆亲手交给她的。奶奶婆婆的上辈是果农，在常州北靠近长江的鸡登山一带，种植大片的水犁和水蜜桃果树，那里山清水秀，犹如人间仙境。那时的金陵城中，夏日上市七八两一只，水口饱满，甜如蜜糖的水蜜桃，就是产自常州的那块宝地。想必奶奶家祖辈以鲜果为生，也许家业兴盛，才会拥有这样贵重的东西。

　　现在，水姑妈把手镯捂在口袋里快要发烫了，到底送给谁，还没有一个决断，心里焦急，这事再怎么说也不能瞒着女儿啊！

　　这天，大娘心中盘算了几个回合，想了结这桩心事，于是，正儿八经令一双儿女回家，先是从一个布包里里三层外三层解开，一枚淡紫色剔透明亮的手镯映入眼帘，姐弟俩一看，那就是奶奶爱不释手戴了一辈子的镯子。老娘正襟危坐道，今天叫你们回来，就是为了这个传家宝贝。奶奶临别前，特地嘱咐要送给水姑娘的，这一点不能违背了老祖宗的心愿，但我思前想后，十分为难。这是我的婆婆交给我这个儿媳妇的，我也应该把它传给我的儿媳妇，怎么可以传给女儿呢？手心手背都是肉，女儿你不要动气啊，你已经出嫁，这东西就不给你了，因为这是传家宝。

　　"老娘，那是祖上传下来的东西，你看咋办就咋办，我没有意见……"水姑娘一句话还没讲完，妈就把手镯递给了儿子。土根见娘如此爽快，姐姐如此通情达理，十分高兴，把镯子往裤袋里一塞，说，妈，就这点事，也不用叫我特地赶回来啊，我还要赶紧回家呢！正说着，见老父扛着锄头从田里回家，他听老伴说了孩子回家的缘由，很是不爽，对老伴说了，这样的事，也不商议商议好，就自作主张，我老娘说了要送给孙女的，到你手里就变卦了，要变该早点变，你是怎么答应我家老娘的？

　　这一问，倒把水姑娘她娘问住了，大家都很尴尬，水姑娘上前打圆场："这样蛮好，我没意见，又没送给外人。"

　　这时，土根已经一溜烟开车回家了。

4

其实，老父最近心里一直很郁闷，又是房子，又是手镯，烦透了。想当初，儿子在城里买房子时，他还给付了六万元首付款，那是他大半生一颗颗粮食积累出来的血汗钱。在装修新房时，儿子有一句话说得娘老子很激动，说这三室一厅的大房子，要专给父母装修一个房间，供娘老子随时到城里去玩，去住，但不料装修好后立马就变了，说是那个房间要让给他丈人丈母娘来住，啊，不谈了，只要小两口日子过得好就行了！

农村都流行这样一说："养了儿子吃乐果（一种剧毒农药），养了女儿吃苹果"。老父子越想这句话越正确，但儿孙是"根"啊，有什么办法呢?!

5

那次土根从老家出来，并没有直接回家，而是径直到市中心的珠宝店去了，他想去请店里的师傅看一看，这手镯到底值多少钱？他右手打着方向盘，左手把玩着那手环，心花怒放，自己十世也没想到，今生还能发这个财，"人无横财不富"，大概，这就是横财了。

土根兴冲冲来到店中，说请师傅看一看，肯花五百元鉴定费。老师傅说且慢，看了再讲，拿起放大镜对准手镯仔细观察了一番，先是眼睛一亮，接着眉头就皱了起来。师傅说了，这种深紫色高度透明的翡翠手镯，即使在全中国都很难找到，他断定，其实这是普通的玉石，有造假高手用一种神秘的药水除去了玉石中的杂质，变得通透明亮，然后再注入各种颜色，而这个手镯的紫色也太深了，做得太像了，总之，太逼真的东西就可能是假的了。

土根一听，甚为丧气，便追问"到底能值多少钱?" "不超过一百元"，师傅说道，"它的材质差不多等同于一小块优质花岗岩石"。

土根空喜一场，快快离去，不日便将手镯还给了老娘，说，只值一百元的东西，你还是给我姐算了，这样既圆了奶奶的心愿，还不伤和气。

老娘无话可说，转身就把镯子给水姑。她原是没什么想法的，但这样一来，就有点生气了，早点不给，明知不值钱了，再拿来"现眼宝"，我又不是捡垃圾的。但又一转念，就算弟弟"年幼无知"，也不可与老娘斤斤计较啊。再说了，不论值多少钱，它总是奶奶用过的东西，没有金钱价值，也有纪念意义，于是就勉强收下了。

6

前几天，有话风吹到老爷子耳朵洞里，说是那三套安置房的"分配"，儿子那小两口已经有了明确的态度，就是，除了父母用一套中户外，另一大一中理应由他们全部拿下，那个大户要给孙儿结婚之用，水姑她娘及老爷子听了这个理由，无话可说，看来，也只能这样了，毕竟传宗接代，后继有人，乃是家业兴旺之表现啊！

老两口一高兴，却把原想给水姑娘房子的事忘得一干二净，烟消云散！

再提那镯子的事，与水姑娘同住一个单元有个在博物馆工作的年轻人，原是老死不相往来的邻居，不知从哪听说了手镯的事。他是博士毕业生，专门研究玉器矿石的。那天，他主动上门，自我介绍后，请求看一看东西。不看不要紧，一看吓一跳，哪里会有这种深紫色完美无瑕的翡翠手镯啊，但看上去似真似假，吃不准。他说这样吧，过几天，馆里为了鉴定几件稀世文物，特地要请故宫博物院的专家过来，到时可以送给他们过目。

那天，一位鬓髯苍苍犹如仙翁般的老人接过手镯，只一瞧，便啊的一声，捧着它跪在地上，连连磕头，老者是把如此的珍宝看作神物的，只听他口中叹道："天赐我也，天赐我也……"

原来这个故宫年过八旬的老专家，对这枚紫罗兰手镯已经寻觅了

两个朝代半个多世纪，而今天是得来全不费工夫。这时，只有他知道，当年乾隆皇帝游江南时，与一群随从来到常州府出发，经北门，微服往长江边游玩，在鸡登山桃园，只见仙桃满枝，且是白里透红，红里透嫩，嫩里透水，水里透香甜，有个嫔妃看着眼馋，但她懂得规矩，在桃李树下，原是不敢轻易抬头的，但那时哪能挡得住此番美景及鲜果的欲望，路边守园的果农老大爷见状，叫她现摘现吃，不必客气，那小姐立马饱了口福，感激万分，只是苦于一时没有礼物相送，就随手探下手腕上一只手镯，送给了老大爷，从此，它长期流落在民间，现故宫仅存一只。此刻，老翁还跪在地上，口中念念有词，不知所云。水姑娘一激动，也在老者身后趴了下来，且连磕响头……

鬼门楼

鬼门楼在农民公寓的小区里，明知入住是要死人的，但许多人还是要硬着头皮住进去，而且人们似乎也乐意这样做。鬼门楼是小高层设计，坐落在长江之畔，江水拍岸，黄墙黛瓦，香樟蔽日，垂柳依依，好一派醉人的江南水墨景致，但外人殊不知，死神就在周围游荡，死亡的阴影时不时笼罩着某户人家，也许，这户人家此刻正准备着死神的到来。

拆迁时气气恼恼，搬家时匆匆忙忙，新生活风风火火。那拆的速度，全可以叹为观止，令人目瞪口呆！真所谓争分夺秒，只争朝夕。因为太急太快，双方讨价还价时，总要免不了弄些气恼出来。一个想省钱，一个想多几个，毕竟，也许几代人才遇着这一次机会，于是，你来我往，不知要多少个回合。一旦签约，就赶紧匆匆搬家走人，快快离去，却又一时无家可搬，无奈要寻找一个过渡的地方，无所适从啊！一旦搬家，不仅跟过去娴静的日子说再见，更要紧的是失去了农村原有的生活来源，忙活着"寻饭吃"，风风火火的生活开始了！可以说这是眼下农村城市化推进中的独特风景。闲话少提，言归正传，我们还是单说鬼门楼吧！

几百上千的农户要搬离，安置房一时也来不及建造，于是，乡里给了点"过渡费"，让你们过渡去吧！如何过渡？一家老小两三代人，如果要去租商品房，那就要一两千元，不可能。如此，只能租用乡村民房，这哪里还有自家房屋住得舒畅，将就点吧，"济济一堂"不是也很好吗？

这挤一挤倒不要紧，如若家中遇上老者、病人有个三长两短，或不幸行将过世，是万万不能死在房东家里的，更不能在别人家办丧事，这是当地风俗大忌特忌的事。那怎么办呢？急煞人啊！

在这种特殊的背景下，鬼门楼就因应运而生了。上头把一定数量的安置房控制一下，专门给急需用房的人家提前安置房屋，人家再进行匆忙装修，赶紧把老人或病人搬到自己家中，要死就死在自己家里吧，不要去妨碍人家！如此，行将离世的人及其子女都安心了。子女们便也可松口气，为长辈等准备相关的后事。这叫特事特办，既体现了中国特色，也表现了政府对农民的人文情怀。

赵耕耕就碰到了这等遭遇，他家拆迁过渡借住在一个远房亲戚家。要不是亲戚，像赵耕耕这样患了不治之症的，人家还接受不了呢！他在那里好好坏坏，阎王爷不愿意邀请他，已经拖延了年把光景，但不知他哪天有事，每逢到城里大医院去化疗，他老婆就要问医生，他还能活多少天？咨询一两次不要紧，后来多问了，赵耕耕十分生气，在病床上骂道："你还是早点把我塞到棺材里去算了！"

老婆有口难言，只有默默流泪的份儿。她迟迟不申请鬼门楼的安置房，自有她的苦衷的。因为一进那幢楼房，这个家，就悠悠然笼罩了死亡的阴影，对病人的心理立马造成莫名的痛苦和压力，倒像自己的日子已经是兔子的尾巴长不了了。如果太迟搬进去，却会造成办丧事措手不及。因此，过早或过迟搬进鬼门楼，都是不妥当的，都会吃力不讨好。但考虑到拿到房子还要进行简单装修，唯恐届时手忙脚乱来不及办事，赵耕耕的老婆还是无奈申请了鬼门楼的一套安置房。

两个多月后的一天，要搬新家了。一到鬼门楼，就见许多亲戚和同村的邻居在大厅门口等候，虽然受到热情迎接，可是赵耕耕见状，不无伤感，还是黯然泪下。十几天后，赵耕耕离世，成为鬼门楼的一个新鬼。

像赵耕耕这样进出鬼门楼的事，还是有板有眼，家人是有思想准备的，遇上意外突发的，更让家里人惊恐。我家门房叔叔，也是借住村民房子过渡，他七十有余，身体还算硬朗，一顿能吃一海碗饭加半碗肥肉，能够每天步行上街，老虎都能抓到。只借住在人家十几天，只因对房东家电灯开关的位置不熟悉，凌晨起床小便，不慎一个朝天跟斗，后脑勺撞上一不明物，突遭惊吓，当场毙命。全家人惊慌失措，对房东连连赔不是，负荆请罪。天还没亮，尸体就已经转移出来，同时连放炮仗，以此驱赶鬼魔妖气，直奔鬼门楼。

兵分两路，表弟速往乡里请求"特事特办"，拿到了鬼门楼毛坯房的钥匙，反正不装修也不要紧，只要在自己家里办丧事就没事了。按照这里风俗，死者要摆放家里祭拜三天，并有亲朋好友前来吃上三天"硬饭"。赶紧，赶紧，把水、电、气通好，再请人安装临时的照明、灶具、水槽、抽水马桶之类，再分派各路人马到亲戚家送耗（上门送达死讯），村上几十个人来帮忙，慌慌张张，手忙脚乱，弄得全村来帮忙的男人女人焦头烂额。等到第二天入殓，第三天送葬，丧事完毕，家人因接连数日折腾，日夜未眠，早已上气不接下气，中间要断气了。

在不到一年的时间里，我到鬼门楼去吃了三次"硬饭"，每每心如刀绞，不胜惆怅。我的家乡父老乡亲啊，怎么会如此倒霉，我感觉我为此的泪水比他们流得还要多，因为我的心也在流泪，无比辛酸。有一个农民朋友，从他拆迁到过渡到医院到鬼门楼到结束生命，我共去探望了五次。

我泪已尽。

许久以来，我一直在思量着鬼门楼的那些事儿，为农民朋友写点什么，但自己似乎乱了方寸，不知所云。

一日夜深人静时，我在睡梦中惊醒，有神灵托梦提醒：天下大事，凡有规矩。拆迁推进越快，鬼门楼的不幸就越多，还是悠着点，减速为妙。又曰，乡亲们的不幸，并非阎罗王的本意，他们都是忠良之辈，原来打天下就是靠农民，理应善待。建议把钟馗请出来，家家门上贴钟馗，人人喊打过街恶鬼。如此，鬼门楼死神便无藏身之处了！

怅茫大地

原先给猪儿羊儿之类家畜吃的草料，现在连人都吃不起了。新建的农民公寓菜场上，摆满了各种过去猪羊牛兔儿吃的东西，那时用镰刀割了一篮又一篮，往它们的圈里一扔，它们便大口大口吃将起来，但多是天一半地一半，许多被它们糟蹋了，随它们的便，反正不值钱。你看，婆婆每到菜场，看着这些蔬菜就发愁，南瓜藤 8 元一斤，芦蒿 10 元一斤，山芋藤 4 元一斤，灰蓬头 6 元一斤。拆迁以后，每月二百多元的生活费，年终"卖田"的分红钱每人两千元左右，她万万没想到，过去给猪吃的草，自己现在只能看着它们干瞪眼。

回想有地的时候，南瓜藤、山芋叶之类还能算作"菜"吗？且是藤萝纵横、遍地游弋。芦蒿就长在江边，一望无际，那不过是野菜，

一钱不值。真好笑啊，灰蓬头草有时连猪儿都不想吃，要饿急了才肯尝一点。空心菜、青菜也时常给猪羊吃，特别是空心菜，可以无根栽插，成活率在百分之百，长得非常快。现在，空心菜也要 4 元钱一斤。

婆婆算了一笔小细账，如果她每天吃一斤半大米（3 元），一斤南瓜藤（8 元），加上油盐米醋酱水电煤气，每天的开销要超过 14 元钱，每月要 300 元，那点生活费横竖也不够用。那么一天吃一斤大米的粮食能吃饱肚子吗？想再吃点鱼、肉、禽、蛋咋办？每年再添置几件衣服呢？或难免伤风感冒挂瓶水呢？哪来钱？

婆婆上有老娘下有儿孙，在"过渡"的日子里，这个家不好当。怎么办，怎样解决好吃菜问题，成了她的心头事。

她扛起了已经废弃的钉耙、锄头，在一片荒芜的原先宅基地上，又开始种起了蔬菜，她起早贪黑，耕地、拔草、施肥、浇水、灭虫等等都是她的事，为了解决全家人的吃菜问题，她情愿多吃些苦。

婆婆蹬着人力三轮车，几乎每天往返于借住地和荒废的村庄之间，在寒春及夏日的阳光下，用她的心血滋润着久违春露的大地，用她双手抚摸着这片迷茫的田野。她的内心充满着忧虑，也充满着希望。

她的青菜、茄子、菠菜、韭菜和包菜长势喜人，黄豆苗也吐出了新芽，金黄色的丝瓜花，紫红色的扁豆花开满村基、河滩，重新宣告了自己的存在，而她的家人及原村民，又吃到了这块土地上自己亲手种的蔬菜。

一个阳光灿烂的下午，正在埋头劳作的婆婆听到一阵阵机器的轰鸣声，抬头一看，两台推土机正从村东开过来，一会儿就到了田头，从车上跳下两个司机，说是要把这一亩几分的蔬菜地推一下。婆婆问为什么？

一个司机说不知道，我们只是干活的"做手"。那是谁叫你们来的呢？他们支支吾吾答不上来。婆婆就站在推土机的前面，村民闻讯而至，赶来了一群农民伯伯。有人要摧毁菜地，他们很感不惑，推土机处在人群的包围之中。有人报告了警察。

警察立马赶到。问农民伯伯，什么事？伯伯说，我们没什么事，要铲菜地。现在还没开发，田地空闲着可惜，我们就种了几棵菜。

警察问司机，是谁叫你们来铲的？司机答道："我们也不知道，我们只知道干活。"

葡萄叫道："你们是死人还是活人，谁叫干活都不知道？叫你们的头出来露个脸，滚回去吧！"你看，连警察也火了。

婆婆站在菜地里呆呆地看着这些人，听不懂他们在说些什么，那玩意开来了又调头，开走了，不知到底发生了什么事。

奖　金

　　千亏万亏，自己从来不吃亏，要亏就亏在别人头上，虎大就是这样的人物。他时不时为了一点蝇头小利与人斤斤计较，最后，还是沾了光。村上有个老人在他脑前猛击一小拳，又小喝一声："小伙子，吃亏是福！知道不？"

　　"吃亏是福？"虎大很是不能理解，"吃亏怎么是福呢？沾光赚钱才是福啊！"

　　你看，与人家相邻的自留地，瞅着没人时，他会用锄头往自家这边刨一点点，也许只有半寸不到的那么点距离，粗看还真的看不出来，如此，一日不多，十日许多，一年半载以后，神不知鬼不觉，便有巴掌那么宽的泥土被刨了过来。

有时，村子上有人家请客，或是娶媳妇什么的，但约定是每户请一个人，人家都是点着和尚做馒头，算好人数的，可虎大跟同村人不一样，他是带老携幼齐上阵，一坐下来就是一大桌子，亲朋好友在大庭广众之下，又不能赶他们走，除了笑脸相迎就别无选择了，而每桌酒台上的五六包香烟，也被他一人席卷而去，原本约定成俗，每户人家送一百块钱的"人情费"，他这"大部队"开过来，也同样是一百块洋钱，弄得主人家要倒贴给他许多。这还是小事，于是凡婚丧喜事，主人家就头痛，请不是不请又不是，到最后还是要请的。

村上要拆迁了，不是说要修建京沪高铁嘛？乡里、村委召集本村开了好几次会议，一时还没人响应，总有一个过程，祖祖辈辈在这块地皮上忙活了几百年，想法一时难转变，大伙都是"大眼看小眼"，观望事态的发展。

这时虎大的想法可不一样，他思忖着，人家不肯签"拆房协议"，而拖延到最后，终归要签的，关键是如何比别人签得好，多弄些钱，一生只有这一次机会啊！

村委、乡里的一些干部，平时都难得露脸的，也不知是什么猫儿狗儿的，平时要找他们办点事，总要看他们的脸色，倒像前世八辈子欠了他们的债。眼下，一个个都是笑容满面，又是登门拜访，又是"拉家常"，亲亲热热，只有转变了作风，才能联系群众啊！

那天，大队书记把虎大叫到村委办公室，那里早就有一位乡拆迁办公室的人在等候他了。他们对他敬重有加，还硬是要请他一起喝酒。平日里，一年到头，二年到梢，除了亲戚、村上人办红白喜事请他吃酒以外，还有谁请他喝酒啊？今天大队干部和乡干部一起请他吃饭，真正是破天荒的事。两大碗陈酒下肚，他感觉自己越发神抖抖的，活到六十来岁，也终于像个人样了。

这时，家中的老婆子、儿子、儿媳、孙女，一家老小都等着他回家吃晚饭，全村找不到他的鬼影。那会儿，乡干部上门来找他时，虎大正在喂猪，从家里出来时，一激动，竟把那个破手机忘带了，也没跟老婆孩子打个招呼请个假。

拆迁队的人对他说了，根据对他房屋的评估，包括两间楼房、两间猪屋、一个院子和水泥场，加上装修的估算，最多超不过48万元，现在考虑先签的人有奖励，可以额外拿到两万元奖金。"先签"的人就是第一个签拆迁合同的人，第二个签的就没有奖金了，一分也没有。

虎大一听，立即心跳加快了好多，两万元哪，不是二百、二千啊！两万元人民币，可以买多少东西啊！早晚都要签的，为什么见着到嘴的肥肉不吃呢？

"拆迁队员"见他有些心动，神色飞扬起来，便又神秘兮兮地对他说："不过，你要拿奖金，是有条件的！"

"什么条件？"

"你要保证守口如瓶，就是要绝对保密，不能外传。"

"就是把自己的嘴闭起来，是吗？"虎大疑惑地问道。

"对啊"！拆迁队长也激动起来，终于可以"攻破"第一家了，"高叔叔，我看你虽然文化不高，但智商不低，你是全村最聪明的人！"

虎大被这顶帽子一戴，便拿起签字笔，在拆迁合同上签了字。但刚刚放下笔，蓦然想起，我怎么没跟家里的老太婆、儿子、媳妇商量一下呢？又一想，不关事，比别人家多了两万元，已经是交好运了，他们还会不同意吗？

虎大从村委办公室骑着老人三轮车回家，一路哼着锡剧弹簧《双推磨》，好不开心！到家已是午夜时分了。

推门进屋，见一家人都在厅堂里等他，且一个个耷拉着脑袋，瞌睡得都不行了。

虎大忙向全家赔不是，同时也有声有色地汇报了今天签约的经过，没有功劳也有苦劳嘛。第二天中午，一个消息传遍全村的每个角落，与虎大房屋面积同样大小的邻居，获补偿款 68 万元，并拿到三套中户型房子。虎大闻此消息，两腿一软，休克过去，立马不省人事。一家老小在堂屋里一齐哭将起来，倒像家里死了人一般。

家人手忙脚乱地把他往外抬，刚出门，老爷子就醒了过来。一睁开眼，他什么也没说，先打了自己两个巴掌，无缘无故比人家少拿了 18 万，总是那该死的两万块奖金害人！

落　荒

　　在新社会搬家，多是欢天喜地的事，不比旧时落荒逃难，惊慌失措，战战兢兢，犹如掐了头的苍蝇，断了线的风筝，遭遇险境，迷失方向。但眼下王春大搬家也不是那样高兴，他神志恍惚，竟如魔鬼附身一般。

　　事情还得从头儿说起。

　　都说老实人总是会吃亏。错！我是说老实人容易吃亏，这就对了！这该死的拆迁消息，早在去年就闹得沸沸扬扬了，不少人家开始行动起来，搞起了"突击"装修，据"尖钻"的人说，装修是有大好处的，你装了二三万元，也许能赚七八万。王春不大相信天底下有这样的好事，那明明是天上的馅饼，能有掉下来，也轮不到我吃。但原来都是说说梦话的事，现在都在发生。你看啊！人家一车一车的三夹板，条木，水泥，砖块，黄沙，石砂及水暖管道之类的东西，都从他家门口经过，往家搬哪！

这分明是向王春大示威：你胆小鬼不敢上我们上！

眼睛一眨，老鸡婆变鸭。一夜醒来，刚睁开眼，王春大便见村子上许多人家竟然多出了一间两间房子来，原来他们除了在墙上贴上几张廉价的三夹板或粉刷涂料以外，还突击建"房"，仅一个白天一个通夜，就能建造出一间房子来。王春大还以为是自己眼屎粘着眼皮，没看清楚，他努力睁大眼球，用手触摸了一下那红砖墙头，才相信还真是有这么回事。王春大的老婆是初中生啊，他对王春大早就恨铁不成钢了，要不是生了两个娃，恐怕早就跟他拜拜了。人家在那里连夜搞装修，突击造房子，犹如打一场大仗似的。但王春大视而不见，他坚决相信，他们这样瞎搞能补偿的钱，简直是白日做梦。但眼前人家热火朝天的景象，又把他给蒙了。

王春大不紧不慢洗了把脸，头脑壳子似乎清醒了一些，老婆站在一旁心急如焚，等着他发话。王春大考虑良久，又作了一会深思状，说道："装修是假的，砌屋子是违章，我不干！"

一盆冷水从头浇到脚，老婆上去就一把揪住他的头发，骂道，没出息的东西，我算是嫁错人了！王春大被揪着头发掀在地上，似杀猪状。他没还手，只是大叫，你看他们做梦，能拿到钱吗？

不几天，村上来了一群人马，说是要给每户测量房子。王春大定神一看，队长，大队长也都在队伍中，真的要拆了。原来的传说变成真的了。只听见队长说，现在由评估公司来给你评估房子，大家一把

尺，公平，公正，公开，今天不肯测量，以后就轮不到拆，拿不到钱，分不到安置房。

王春大一听这话，就开始发慌。心里思量，这拆迁丈量也要人家自愿，怎么可以硬吃硬做?！这时，只见他的老婆走上前去，有话要说。

"请问大队长，这个房屋评估公司由谁来请？假如你可以请，我就不能请吗？"

"对了，为啥一定要你们请!?"一些村民立马七嘴八舌，议论纷纷。

大队长说："这是上头的安排，我也不知道，你们问我，我去问谁？"又说，我今天只是通知你们，谁先量先签的优先安置新房子。

王春大一听，心想测量一下有什么关系，量就量了吧！但有不少人家不让测量评估，拦在门口不让人进去。

不几日，队长家门口墙上有"公告"，上面列表写明被测量人家的面积，装修，院子等各项金额。王春大家的评估总价是五十一万元，可安置大户中户房子各一套，而与邻居家原来同样的面积，因其"装修"却多出了六万元，修建的"违章房"又多出五十多个平方，一算下来，差不多可以比王春大多拿一套房子。原先大队里乡里动员大会上都说突击装修突击违建算不到一分钱的，怎么现在都拿到了好处呢？

王春大懵了，越想心里越不服，越想越窝囊，老婆气不过，但这次没去抓王春大的头发，因为王春大的头发上次已经被她抓掉了一把。俩人一合计，决定不签了，住到城里去也没什么好处，就住在这里耕田种菜，日子不是本来就好着吗？

许多人家开始纷纷签约，还有几户"硬头檐子"死活不肯签。王春大说，一样的面积拿不一样的钱，突击建违建房突击装修都算了一大笔钱，凭啥老实人要吃硬亏，说话不算数，是放屁！

王春大一家决定"赖着"不走了。

不几天，村口的路一夜间莫名其妙堆满了建筑垃圾，堵了。村头的水井里被人填满了泥土石块，封了。街上一位七十多岁的老太太，因不肯搬家，变成一个呆头傻脑的人，痴了。一位中学教师的妻子下班回家，刚进大院门口，有人从身后袭击，掐住她的脖子，她连喊救命，吓破胆了。

早晨打开大门，见门板上赫然贴着"告示"，没有落款：凡在十天内签约的人家，每户奖励两万两千元，过期作自动放弃。另外，凡不在规定范围内签约者，将不准予参加安置房房号的抽签活动，因此不能保证房屋的及时安置。

这一次，头脑一直发胀的王春大两口子，突然感觉脑袋要炸开，周围的空间快要爆炸似的，有点支撑不住了。王春大终于对自己说，

走向自由的村庄：言建新散文选

不是明摆着吗？越拖越吃亏。签了吧，签了吧，免得把命都白白送掉。

王春大的老婆比他理智，比他成熟，比他有远见。对王春大说，我们带着小孩逃难去吧？我们到苏北去，那里许多地方还没开发，去打打工，弄口饭吃，只要饿不死就行，等风头过了再回来，好吗？

老婆的一番高见，王春大觉得十分可笑，太可笑了！当年他爷爷的父亲，就是从兵荒马乱的苏北逃难到江南来的，怎么如今隔了几代人马还要走回路？祖辈的老家在苏北，但已经几代人没联系，现在已经找不到了，无法"投亲靠友"啊！再说，即使能找到，也要衣锦还乡才是，如此流浪汉的模样，回去怎么有脸见人？！何去何从？两口子默默相对，泪流满面。

三个月以后，村子上只剩下了五六户人家，虽然还通着电，路也没法走了，用水也成了大问题。三更半夜，经常有人在窗户外转悠，一个小女孩吓得钻被窝里不肯出来。王春大本来就是"抖鬼"，就是我们这里所称的胆小鬼，就这么一折腾，他就吃不消了，开始头晕目眩，甚至语无伦次起来，他的老婆见他这副熊样，恨铁不成钢，也悔恨自己当初怎么嫁了这样一个男人。她顾前思后，想想还是撤退算了，赶紧去签约，尽快举家搬迁！不要为了那六万元拖累了一个家，谁叫自己没装修搭建点鸡窝呢，谁叫自己的男人这么不争气这么懒散呢，这不是命又是什么？！

移风易俗

凡遇生老病死，婚丧喜事，都是大事，原先都在村上办事，现在村子消失，没地方办了，但总不能办到屁股上去，得想个办法。

农村地方大好办事，喜事，倒是许多人家办到大饭店里去了，那里有更好的环境和音响设备。因此，搬到农民公寓对办喜事没有大碍。办丧事就不同了，因为宾客众多，程序繁杂，在公寓实在不好办。到什么山上樵什么柴啊！有人想到了小区的车库，面积大，通电通水，又是大家的物业财产，家家有生老病死，大家都不用出钱，只要事后打扫干净就好啦！

在车库里摆上十几桌或二三十桌没有问题，再说还可以翻台，就是分批次用餐。一个偌大的车库，供来宾落座，供和尚念经，供道士做道场，供大厨师摆开阵势，制作各种美味佳肴。在靠近车库的小区广场上，有的人家搭建一个简易戏台，上演一两台地方戏。于是，在那一时间，哀号声、诵经声、念佛声、吹打声、唱戏声、烧菜声不绝于耳，好不闹忙！

高志武过世后，家人就是在小区车库里办事的，事情办得很好，四五十桌来宾吃得满意，不比星级大饭店差。厨师带来了全套的煤气炉、炊具锅瓢、鱼肉海鲜、蔬果菜肴、碗盏餐具、桌椅桌布以及所有洗菜、上菜、洗碗、卫生工作的服务员。什么都不用主家烦心，只要事先谈好每一桌多少钱就好了。一般每桌五六百、七八百不等，爽得很。

车库做餐厅，承办婚丧喜事，这与其说是农民的一个创举，不如说是农民在积极寻找着自己的出路。

任何时候，农民要好好爱护自己，保重自己，多多依靠自己的力量，努力生活，好好活着！

抑郁症病人

王寿海穿着一件黑色的尖顶夹克衫，裹得严严实实，戴着一副宽边墨镜，把自己掩藏在一个谁也找不到的地方。他不用有线电话，更不用手机，他感觉这样做对于安全是非常必要的，要是拉登用话机，早就被美国人逮住啦！他不用手机，但与人的对话似乎一刻也没停止，他口中念念有词，言辞含糊，不知所云。

其实他就躺在自家的阁楼上发呆。阁楼上堆满了杂物，只有一个方形小窗口，通过这个"透气洞"可以看到附近一片公墓，越过公墓就是宽广的田野了。在王寿海看来，公墓和田野没有什么两样，就像人，总是要死的。

王寿海尖头长脸，老鼠眼睛，看上去不像坏人，也不像好人，但至少不是恶人。他不是塘河湾的人，但他的故事传遍了全村的每个角落，一个疯疯癫癫的人，一个半死不活的人，一个值得可怜又不值得可怜的人！

在村子里，他算不上富得冒油，不过起码也算个小老板。一个地道的农民，做了几年小生意，挖到了一小桶金，算他运气好。改革开放之初，与许多人一样，他趁乱在靠街的地方，通过关系贷款弄了一块地皮，不大，但这八九亩地已经够他日后发财的了。花钱很少，据说当时才几千元一亩啊。接着用地皮作抵押，又贷了若干万元（那时只要胆大，很容易借到银行的钱），在地盘上修建了两三栋厂房，小打小闹，办起了一家注塑机械厂，戏，就这样开场了。

十几年以后，他从一个只有几万元小钱的人，变成了一个资产达到上千万的老板。但他的钱不知到哪去了，既没有资助过当地的公益事业，也没有去送给红十字会，就是说没有做过什么"好事"，且自己烟酒不沾，是个戏称"烟酒不吃，猪狗不及"的人。这是闲话，暂且休提。

话说在征地办厂五六年之后，有一次与一群狐朋狗友喝酒（他只吃菜，不喝酒），有一个生厮一时酒兴高涨，吐出些真言来，问道，老哥啊，一眨眼工夫，你由穷至富，是什么办法，能教我一招吗？

王寿海听罢，只见他的老鼠眼睛眨巴了几下，答道，招数倒是有一点的，只要肯接招就行了！那生厮大喜，又干了几杯。

唯恐被别人听见，王寿海拉着他耳语了一番。大概意思就是，塑料制品无所不在，将来会成为塑料世界，连房子都是塑料做的。现在我做塑料机械，你何不用我的机器，做塑料产品，保你赚钱！现在你没钱投资不要紧，我们哥俩合股，我投机器，地皮、厂房不难弄，只要你有胆去银行借，事情就成了。

还等什么，说干就干！那生厮胆子小了些，只弄到两亩地，造了一栋厂房，也是小打小闹，开始了梦想之旅。

前年，京沪高铁开始征地建设，这哥俩的厂房都在征收之列，经评估，王寿海和生厮的厂房，分别为 1100 万元和 700 万元。哥俩一听这个价格，坚决不从，一致认为，你们要的是地皮，不是厂房。这里一亩地都快卖到一百多万了，这点钱，不是打发叫花子吗？补偿太少！再加上我们的经营损失，这账，就没法算了，现在即使是把锋钢刀挂在脖子上，我们也不会签字！

王寿海要求安置厂房，否则，要补偿 1400 万元，少一个子儿都不行！一定要按照上头"同地同价"的相关政策执行。中央政策好是好，但天高皇帝远啊！

"做梦！"有关人员也给他斩钉截铁的回答，"1100 万元，多一分也没有！"

从此，王寿海与他们进行了长达近一年的持久战，公有公理，婆有婆理，没有理就编造理，但毕竟鸡婆争吵不出卵泡来。王寿海这一年日子不好过，白天一批接一批的人马轮番找他谈话，夜晚有人砸窗敲门。幸亏他在厂区供养了十来个保安，都是要钱不要命的。更有利的，他是农民一个，不是党员干部，不是在机关或事业单位的工作人员，不能开除，无法处分，也不可把他"从农村下放到农村"去。企业工商税务，证照齐全，再翻翻他企业的账目，并未发现有什么偷、漏、逃、避税款的不法行为，这持久战，倒拿王寿海无计可施了，但他耗了这一大阵子，差不多已经不像一个人样了，夜无睡意，日不思饭，有时，整日整夜左手紧抓着一根铁棍，右手揣着半块砖，在厂区转悠悠，犹如幽灵一般。

一日，乡里有个朋友叫他去一趟，称有话要说。

王寿海以为是朋友请客吃饭，其实不是这么回事，他做梦也没想到，自己大难已经临头。

朋友对他说了，我俩是十几年的朋友，今天受人之托，给你带点口信，我这个"托儿"，拿不到什么回扣，全是为了你好。

王寿海有点不耐烦，说道，老兄有话直说好不好？我不喜欢绕弯弯，兜圈圈！

"好，我只怕你受不了啊，我得先给你打一针预防针。"

王寿海有些火了："我又没毛病，打什么预防针！"

"就这么着吧！是这样！"朋友说，"你先想想，八年前，你做过一件好事没有？"

"八年前？一个人做的事，都能记得吗？再说了，什么好事坏事，我既不做好事，也不做坏事！"王寿海一头雾水。

朋友很认真地问："你既不做好事，也不做坏事，当真吗？"

"当真！"

"好！那我问你，好多年前，你到检察院去过没有？"

"有过一次，但当天就出来啦！"

"为什么进去，是怎么出来的，你以为没事了吗？"朋友神情严肃。

王寿海的心跳加快了几下。

原来，那年年脚，因为办理厂房产权证，遇到了一些麻烦。当年征地和建房都是"特事特办"，难免有些猫腻。夜长梦多，为了尽早取得产权，王寿海给一位"人物"送过去一个红包，后来，此人因其他案子挖出萝卜带出泥，东窗事发，自己坦白交代了收受贿赂的事。只因要得到行贿者的印证，就把王寿海请了进去。

王寿海不管怎么说也是江湖中人，怎么会出卖朋友呢！死活不承认，关到深夜，有人对他说，这样吧，只要你实事求是作个证，你的行贿罪责就不追究了，你违规建房、办权证也不查究了。

对方话音刚落，王寿海就把人家供了出去。

"行贿与受贿一样，也是有罪的。事到今日，你还是要准备进去坐几年，"朋友终于表达了本次见面的主题，"不过，别害怕，我准备给你去送饭。"

王寿海背上冒着冷汗，抖抖索索问道："都过去这么多年了，为什么时隔十几年还来追查，说话不算数吗？"

"你懂个屁啊！"朋友有些不耐烦了，"眼下这个烂摊子，怎么收场，你自己看着办吧，他骗你，我只能说到这里了。"

王寿海回家一夜未眠，顾前思后，左思右想，不知如何是好。从此，心悸、多梦、盗汗、梦呓，接踵而来，把他折腾得够呛！但他不能轻言放弃啊，他要求安置厂房，没有，只给钱，但这点钱即使单地皮都置不起，不要说修建新厂房了。

工厂搞不下去，就断了财路，纵然拥有万贯家财，也会坐吃山空，终有穷尽。假如不为自己考虑，厂子里还有一百来号人哪，令他们打道回府，他们的路又在哪呢？

正当王寿海还在惶惶不可终日之时，那个好朋友已经力不从心，有人不费多大工夫就把他这个"钉子"拔了出来，但他居然拿到了九百余万元。他的厂房、厂区跟我的差远了，这不明明是抓住人家尾巴硬欺人吗？

要不是有两个鼻孔，王寿海早就气死了，但这一次，他就像魔鬼附身，全变了模样，他在人们的视线中突然消失，所有的客户无法与他取得联系，因为他的手机信号也彻底失踪，企业陷入半瘫痪之状。

因为这征地的事，人们人心惶惶，企业早就不能正常生产运作了。王寿海的老婆立马受命于危难之中，老板娘硬着头皮顶替了老板，处理日常事务，而她心里时刻焦虑的，还是阁楼上那个鬼头鬼脑的人。

老板把自己"藏"在阁楼已经有一阵了，老婆每天要给他送饭送菜。阁楼原是仓库，只有一盏九瓦特的节能灯，黑漆漆一片，当她送饭上去时，须反复声明"是我，我是你老婆"，阁楼才会慢慢打开。这时，她的眼前会出现一个手里拿着铁棍的怪物，口中还是长时间念念有词，不知所云。

他手握棍子，不知是怕被人打，还是想去打人，口中所言，不知是骂人，还是骂自己。送上去的饭菜，往往又原封不动退了回来。那些精美可口的饭菜，是请厂里餐厅的厨师专门制作的，可王寿海问这是什么东西，嚼起来像干稻草？老婆惊呼，他不是没有食欲，而是失去味觉了。

老板娘劝他去看看医生，王寿海一听十分愤怒，但又不敢大声说话，用手遮着他的上嘴唇对老婆耳语道："夫人，请不要出馊主意！"

他老婆急得不行，请来一位心理医生上门服务，请求在绝对保密的前提下，破解王寿海怪怪的言行。医生是一位高手，但深感任重道远，他花了整整一个星期才与这个服务对象进行了部分沟通。原来他反反复复的念念之词，不过"我是窝囊废，我是窝囊废……"这是一种极度自责的心理反应。

那他为什么又对那根铁棒爱不释手呢？这个也已经弄清楚了，很简单。他是恐惧有人抓他去坐牢，他说他其实不怕坐牢，只是如果自己真的成了一名刑满释放份子，那就连儿媳都找不到了。就此，王寿海曾对医生说"我老婆叫我到医院看医生，人家到处在抓我，她这不是把我往虎口里送吗，到底是谁病了？"

在外地读博的儿子，偶尔在网上看到一篇题为《抑郁症病人》的小说，他对号入座，越看越觉得那人就像自己的父亲，为了验证自己

走向自由的村庄：高建新散文选

的感觉，他立刻用手机拨打父亲的手机、办公室、住宅及朋友，杳无音信。又问母亲，母亲说父亲出差新疆了，出差也能接电话！于是，他查询网络，并未显示父亲的手机在大陆任何区域的存在。他立即意识到，家里出事了。

这个攻读"政治经济学"的博士生儿子，是个出类拔萃的人物，他立刻启程回家，立马要找到父亲，看看到底出了什么事。如果父亲真的患了抑郁症，还是要先治好病再说。

飞机已从北京起飞，翱翔在蓝天，读博的儿子，已经在回家的路上……

假戏真做

在任何艰难困苦的条件下，只要心态摆得好，人生总是美丽的。离婚，原是并不使人感到幸福和快乐的事情，但只要按照预先约定的程序，也就是约定的游戏规则去做，同样会令人幸福，令人向往，总之，她能够出神入化地创造出另一种美的人生。

任何人，不管猪脑袋大笨蛋，还是绝顶聪明的人，无论是白日做梦，还是晚上做梦，统统都不会料想到，七十多岁的张大娘突然离了婚。八十有余的王大爷上午还跟老伴好好的，中午坐在家里的八仙台上开开心心地共进午餐，下午就因"感情不和"手拉着手去办手续，拿到了政府部门颁发的《离婚证》。几乎在同一时间，有兄弟仨，与他们的妻子发生了感情问题，说分手就分手，一齐离了，散伙了，走人了。

　　突如其来的"离婚潮"，犹如蝗虫和瘟疫般蔓延到了好几个村庄，大有猛虎下山之势，只有两百多户人家的村子，竟然有七八十对夫妻闹离婚，鬼差神使，旅途迷茫，离婚之"祸水"四处横溢，淹没了人们的心田，打破了家庭的宁静，冲击了思想情感的堤防线。

　　只因要修建一条通江大道，西瓜塘村率先就要拆迁了。按照当地规定，农户拆迁安置房屋的数量，是要凭常住户口的。胡大爷户口簿名下仅有他的老伴，总共才两个人的户口，他们的两个儿子都因上大学户口早就迁走了，如此，胡大爷就只能安置一套大中户。胡大爷与老伴对这事可犯了愁，现在农村条件虽然差一点，但地方大，屋子宽敞，儿子媳妇孙男孙女们回来，凑合着都能住，如果安置了一个中户，无论如何也没法安排他们的吃住，而儿孙们要么不回来，要回来就是拖男带女，倾巢出动，到时，没办法住下来，总不能用胶水把孩子们贴在墙上啊！为这事儿，老两口寝食难安，不知如何是好。工作组的乡干部来了好几次，老人就把自己的难处摆出来，实事求是，工作组的人也很理解，但没法帮他解决问题。

　　一天，胡大爷接到一个神秘的电话，对方隐姓埋名，但只是为了帮大爷的忙，并要求谈话保密，不外传，不张扬，否则，就免谈。老人满口答应了，请说吧！那人说啦，大爷，您的难处我知道，但我的难处你也要理解，我不能违反纪律多给你分房子，但现在有个办法，你可以多拿一套房子，就是你现在的一家人变成两家人就可以了。讲到这里，电话就挂了。

　　胡大爷和老伴那天晚上收到电话后，压根儿就没有一刻辰光安定下来，反复思量，一家人怎么可以变成两家人，而两家人怎么又可以多得房子了呢？带着这个疑惑，他又不便去问旁人。

一日，大爷迷迷糊糊睡到半夜，又醒了过来，仿佛来了灵感似的。就是把事情反过来想，假如自己是一个孤寡老头，能拿多少房子？不是也照样要给我一套住房吗？这就对了，那打电话的小子不就是让我跟老太婆分手分家吗？这不是明摆着叫我离婚?! 假如能搞到两套房子，那就什么都解决了，两家子回来能住还是小事，将来一个孙子，一个孙女，每人送他们一套房，免得像眼下有的小孩，奋斗了半辈子才买得起房子，我爷爷现在就给他们解决了，这不是天大的好处吗？

想到这里，胡大爷一骨碌从床上爬起来，推醒了老伴，对她说："我们去离婚吧！"

老太太慢慢张开蒙眬的睡眼，以为自己在做梦，便朝老头的面孔伸过去手，狠狠地拧了一把，"哇！"老头叫了一声，说道："你就不能轻一点?!"

老伴一听，感觉是个大活人，很是气愤，骂道："深更半夜，你出什么程咬金，你跟谁离婚啊？"

"跟你啊！"胡大爷说着便大笑不止，且是傻傻地笑。老伴见状惊呆了，料定是老头为了房子的事脑子弄坏了，发神经。前一阵，他时不时念叨着，现在拆了房子，将来孩子不知怎么过日子了。这时老太太便不由分说，上去狠狠抽了一记耳光，想把他一次性棒打，清醒过来。只见老头果然一怔，眼睛睁得大大的，惊醒了过来，十分委屈地问道："你发痴，干吗打我?!"

"不打你会有这个人样吗？"老婆也很生气。她早就给老头说过，儿孙自有儿孙福，一代管一代，孙辈的住房，还用得着你操心折腾吗？

倒也是，老头摸了摸嘴巴，还有些生痛，他便如此这般跟老太太说了。老伴将信将疑，也蒙了，说道，假如真的离了婚，不难听吗？

老爷说了，有什么难听好听，两套中户商品房，又靠近新火车站，一套少说也值五六十万啊。再说我们都是七十三四的人了，有什么结婚离婚的，少年夫妻老来伴，还是在同一屋子里过日子，同一台上吃饭，同一床上睡觉，没什么不一样！

胡大爷与老伴齐双双来到乡里民政科，请求离婚。民办干部说这样的岁数了，儿孙满堂，为什么还要离？

老大娘面孔涨得通红，胡大爷倒是镇定自若，回话说："我们感情不好。"

"什么时候开始不好的，就是感情不好有多长时间了？"

"十几年来一直不好，从什么时候开始的，已经记不起来了。"胡大爷就这样胡说一气。

"还有感情基础吗？"

"没有了！"胡大爷回答果断。

民政干部把脸转向老太太，问道："大妈，你以为你们还有和好的余地吗？"

"没有，一天也没有了。"

"咋就这样坚决？"

"不坚决不行啊！"

"为什么？"

"不为什么。"平时老实巴结的老太太，这时也拉扯起谎话来，"这老家伙年轻的时候就跟村上一个女人要好，这个女人已经死了十几年了，他有时说梦话还喊人家的名字，你说说看，我们还能和好吗？"

清官难断家务事，民政干部被他们弄得晕头转向，但出于负责任的态度，他还要给他们提最后一个问题：你们双方，特别是老大娘对老来抚养和家庭财产分割有什么要求？

老大娘回答干脆："这个啥都不用你操心，他跟着大儿子，我跟着小儿子过，一个负责一个，养老送终，就行了。"

老两口终于拿到了《离婚证》。胡大爷按正常情况拿到了一套中户，大娘则按照规定作"无房户"处理，被照顾了四十平方，加上"优惠购买"的四十余个平方，仅以七万余元，也拿到了八十多平方米的一个中户的钥匙，胡大爷两口子如愿以偿。

后来，几个大村子被大面积征地，大规模的农村城市化推进开始了，其间，离婚的人越来越多，乡里发现，这个离婚的人群老年人占绝大多数，比例超过百分之九十以上。这就不对劲了，但等到发觉这个现象与安置房屋有关时，为时已晚，且也是无计可施，因为，结婚自由，离婚也是自由，都受到法律保护。

于是，一个"新政"出台了。有个乡镇规定新安置的房屋，每个户口是四十平方半，村民在办理离婚手续后，只有在再婚的情况下才能拿到一户房子，也就是说，要把两个人拥有的平方加起来，才能安置这最小户型的房子。

有政策就有"对策"，继假离婚之后，又出现了"假结婚"。于是出现了新郎新娘的"替身"，顶替一下，办理结婚手续，事后办离婚手续，替身可获得五六千不等的酬劳。这些都是在神不知鬼不觉中悄悄进行。

周大妈今年六十四岁，在与老伴"离婚"后，为了尽快拿到新房，由亲戚介绍了一个近七十岁的王姓老人，是个老实巴交的单身汉，双方谈妥由王大爷扮演新郎，双双同往办理结婚登记，房屋安置完成后，即办离婚手续，届时付给王大爷"辛苦费"五千元整。

在办理"结婚"登记时，仅用了三十分钟，十分顺利。但在办"离婚"时，有人给王大爷出了个馊主意，说是那老太全靠你顶，拿到四十平方的面积，现在少说也值二十来万，这吊毛五千块大洋就能打发你了？

"大家都是事先讲好的，再说这五千对我也不是小数目，等于也是捡来的，做人要讲良心"。王大爷很讲"信誉"。

那人不屑王大爷的信誉，道："你与老太太非亲非故，何必要为她家带来那么多财富，你这不是被人家要猴子吗？不拿五万元，不走人！"

在"利欲"面前，王大爷开始"熏心"变脸了！对周大妈说："我那五千元，也太少了吧？!"即使二一添作五，我拿一半也要十万啊，就这样吧，你给我五万元算了，不然我不打算跟你"离婚"了。

此话一出，周大妈一时气急，差点要昏过去，眼下倒不是花多少钱的问题，而是周大妈的原配丈夫还住在一个屋子里，正等着跟她"复婚"呢！

周大妈连夜召集已经"离婚"、现在非法同居的"前夫"及子女召开紧急会议，商量对策，但一时难以达成共识。这个第二任"丈夫"及"继父"，不给钱还就是不想走了，全家被弄得心神不安、鸡犬不宁。

　　这是结了婚难"离婚"的，还有离了婚难"结婚"的。有一对三十多岁的年轻夫妻，原来的如意算盘是，离了婚多弄一套房子后，再"破镜重圆"。不料"夜长梦多"的古训已经大大过时了，如今已经变为"夜短梦长"。眼睛一眨，老鸡婆变鸭？仅一夜功夫，女方有房有钱后，突然生变，不想复婚了，最终落得妻离子散，一个个没了人样！

好 人

世道变了，现在的好人与坏人有点真假难分，但有一个人可以肯定是好人，他就是这里的派出所所长，姓丁，生得虎背熊腰，浓眉大眼，威武正气，且看上去是一副福相。

那一年，赵家老太已被房屋拆迁的事弄得焦头烂额，她与她的一家邻居正处在危难之中时，是这个丁所长救了这两家十几口人的性命，赵家老太和她邻居两家永世难忘。

事情看起来复杂其实很简单，赵老太家有个五百多平方米的房子，房屋加装修评估结算下来可以安置两套八十余平方米的中户，但要求赵老太必须拿出十五万元钱来，才能安置，否则就不能安置，不给安置房。但赵甫两家主人认为，这个账横七竖八怎么算也不对劲，房子不是我们要拆的，你们拆了我的房子还要我拿钱给你们，安置的是毛坯房，还要花一笔钱装修才能入住呢！应该是拆房安置后，再给我们一点装修费才对啊！

除了赵老太他们两家，其余几十户人家都签约走人了，他们害怕得要命，说是有"光头党"来搅局子，不要烦，好汉不吃眼前亏，签掉算了。

那天，有五六十号各路人马来做赵、甫两家的动员工作，硬是要他们答应拿出十五万元之后，再给安置，否则就要推房子了。结果，赵、甫两家统统躲在家里，关门大吉。你想会怎么着？有几个"闲散人员"拿来几把大铁锁，把他们的前门后门都锁了起来，并对他们喊话，房子快要倒塌了，快出来吧！

赵老太一听这该死的喊话，背梁脊骨吓出冷汗来，她家祖孙三代在屋子里啊，这不是要"灭门绝杀"吗？我老太太一个，牺牲了不要紧，但总要留个根啊！在外面的人可能是想吓唬他们一下，用毒计怪招把他们逼出屋子，可是老人哪来那么多脑水，哪里承受得了，一听就吓得半死了。

这时，屋子里面传来砸门声，他们想"突围"。没有人来开锁开门。

这当儿，在屋子外面有一个人站了出来，大声责问，是谁锁的门？立刻解锁开门！

没人出来开锁。在场的政府机关人员绝不会做这样的事，他们是为人民服务的，怎么可能做这样伤天害理的事呢?！上锁的人早就逃走啦！

丁所长立即命令手下的人砸开了大门，屋子里的"困兽"鱼贯而出。

之后，又在丁所长的协调下，赵老太太他们两家与有关单位达成了"谅解备忘录"，就是每家的那十五万元因经济困难搁置一边，今后再说。同时给他们两家先安置住房，立马拿钥匙。

转眼五年过去了，赵老太两家已经在新房住了五年，可他们还"拖欠"着那十五万元。最近有人传过话来，说那钱不用出了，就算一笔勾销！

我们认为丁所长是好人，有人认为他并不能算是好人，有人认为还不是太好，那么到底怎样才算是好人？

假　山

　　那当儿，家家户户都做起了假山，只要门前屋后有空地，哪怕是巴掌大的一小块，也要做这样好看的山，如果楼上有露天阳台，那就再做一座，风景可以养颜，谁还会嫌风景多呢！赶假山之时髦，突然风靡四邻八乡，一夜之间，似乎村民们都变成艺术家、鉴赏家、园艺师、奇石怪石爱好者了。

　　眼下要搭建什么建筑恐怕已经来不及了，因为乡里的城管队每天都会派"便衣"在村子的每个角落转悠，谁有违建，立马会有人送来通知，限日限时自行拆除，否则后果自负。很少有人"自纠"的，于是会有铲车，推土机开过来，或者有人带着几个几十个外地民工，扛着十八锤大榔头，把你的建筑"附着物"摧毁，因为这是"危房"（违房）。

这种危房是很难补偿到什么拆迁费的，而且可能会血本无归，这个风险太大，因为你没有"权证"，如果你没证硬说有证，对不起，还有"航拍图"，大致可以识别建筑物在某年某月某日某时某分（北京时间）是否存在，因此，你要建假房子获利几乎是不可能的。在这种情况下，就出现了假山这种建筑"附着物"。

做假山的优势十分明显：一是"合法性"。既然是建筑"附着物"，虽然在产权证上没有反映，航拍更是没有踪影，但它是实实在在存在的财产，在制作的时间上也难以判别，所以，各相关单位不得不承认，并要承担相应损失。二是投资少，风险小，收益高。两三平方面积的假山，投入一两千元就可以了，但最少能赔上五千元左右。三是只因是固定"艺术品"，利润空间大。如果是用普通石头做，价格一般，能赚三五千。如用孟城斧劈或者是太湖石堆砌，价格就不一样了，说不定要翻几个跟斗。

因此，假山的价格是牛皮筋，是可长可短，能上能下的，于是在拆到有假山的人家时，"拆迁官"们往往很是头痛。有什么办法呢？我在我的小说中早就说过，"有贪官必有刁民"嘛！

且说在不远的村子上，又出了一个"高人"，他认为你们在假山上总是小打小闹，成不了什么气候，与"有人"打嘴仗太多，精力投入不少，实际效益并不可观，看我的吧！

在拆迁之前，他在屋前一块大约四五十平方的自留地上，用斧劈石请苏州大学园林设计专业的一个学生，砌了一座有模有样的假山，光是石头就运来了五拖拉机。因石头大，还租用了轻型吊车，进行安装。另还用了水泥两吨，黄沙一吨半，石砂一吨，边上还种上了婀娜多姿的小松树，爬山虎，红枫之类的植物，再用一根自来水管子通到山顶，但见瀑布飞流，怪石林立，雪松如画，加上亭子、天桥、栈道之类，简直是好看煞人！

那天，一个副乡长带着一群人马来评估房屋，刚走到门口，就被假山怔住了。他问同行的评估公司人员，这个东西怎么估价？估者回话"从来没有碰到过，不好说，要回去请示专家"。

"明白了。"乡长说着掉头就走。对那人家暂时千万不能进门，弄不好进去了倒出不了，因为谈判心里没有底啊。后来，有关单位请来了专家，神不知鬼不觉，暗中观察了一番，聚焦假山，横拍竖排、左拍右拍、上拍下拍，拍了许多珍贵的照片，取得了宝贵的第一手资料，进行了认真分析研究，最后才得出一个结论，这个结论，实际上就是一个数字：五十万到八十万元（人民币）。具体评价是：用料考究，造型优美，山水分明，草木茂盛，蓝天瀑布，云松宜人。是具有典型之江南园林风格的假山缩影，建议保留原貌或进行整体搬迁。云云。

乡长看了专家报告，不爽，小有紧张，便令左右，要对此严加保密，要守口如瓶，如村民都来跟榜，还得了？

等到再次与村民谈判，乡长便胸有成竹了，但他没有先开口，只是问对方有什么条件，让他先开价。那村民说，先把假山谈好了，再谈房子。

"可以，"乡长回答说，"那山值多少钱？"

村民说："你们不是有评估公司吗？你们先估一估！"

乡长灵机一动："我看值五六万元海也过了！"

村民一听，心中暗喜，当初，他花了两万来块啊，但绝不能松口，乡长开价五六万，一定是杀半价的，便斩钉截铁道："乡长，在半年前头，我是花八九万元找人做的，现在物价飞涨，我要十二万，少一个边也不拆！再说，这是艺术品，说不定若干年以后，就值几百万了。"

乡长一听，终于松了口气，心中思量，夜长梦多，就依了他吧，这样还可带动房屋一起拆了。不过对村民有一个条件，假山补偿费绝不能外传，以免造成坏的影响。

好，十二万元，成交！双方皆大欢喜！

当时的拆迁补偿费，邻居间相互都是保密的。后来，这个村民才知道，有人家在与他家房屋同样的情况下，在算总账时，自己大约少了十万元，他这才恍然大悟，自己白忙活啦！

服帖，服服帖帖！

游　魂

　　那天我到长江之畔去采风，回程时已是日薄西山，正巧路过我的老房子，想去看一看。把车子停在路口，走到家门口不过二十来米，走着走着，只听屋子里有隐隐约约的讲话声，像是对话，看来不止一人，我越走越近，讲话声音也越来越放大。我赶紧进屋，想看看到底是谁在里面玩耍，但见屋中空空如也，没一个人影啊！我又到厨房，小客厅，后院察看，没人。怪了，我继续爬上二楼三楼仔细观察，除了遍地瓦砾，破旧家具和布满空间的蜘蛛网，未见任何有人活动的迹象。

　　我家在这排废弃楼房西边第一间，莫非是山墙外边有人，我一面思量着，一面迅速下楼，到山墙外，屋前屋后寻找，不见人影，仅有火红的夕阳，挂在老杨树的枝头，还有一丝丝青绿细长的马尾草，静静的傍晚的夏风中摇曳。

也许是我在屋子里面找人时，人家已经走了，或有小孩躲在草丛中玩耍呢！自从我在今年春上签了拆迁合同后，这里的两幢几十间"连排别墅"都已经人去楼空，门窗，铁栅栏都被人撬走了。这屋子是1989年修建的，算来已二十年有余，那时造这一间三层楼，仅花了两万五千元，但那年头的"万元户"就不得了了，做个孩子王教书匠，哪有那么多钱，于是，向亲朋好友借了两万两千元，终于建成，之后的还债虽然艰辛，毕竟有了自己的房子。哦，我的父母，我的妻儿，都曾经在这生活，学习，或于此一天天长大，或于此走向归宿。这里有全家的欢乐，痛苦和有我们的家史，在我搬离这里时，心中充满了悲凉之苦。

大约过了一个多月，我与晚报一位记者一起到镇上去采访，又想去看老房子，走过一座老桥远远地便看见了老屋，也是在傍晚，也是在夕阳西下时，我和我的记者朋友走向老屋。我又听见屋子里传出的说话声，但声音沉闷，就像手机信号不佳似的。听不清说些什么，但我分明能听出是女孩子的对话，因此，至少是有两个人，或三个人。我疾步而行，把朋友拉在身后，想去看看到底是谁，因屋子没门，我一下子就进了大厅，但就在这一刹那，声音突然消失了，只有空徒四壁的屋子，偌大的蜘蛛和蜘蛛网。

这时，我猛然心跳加快，人呢？难道屋子里有鬼吗，那十几间空楼，怎么只有我家"有人"呢？

自此，我的心灵深处笼罩着浓重的阴影，接连几天挥之不去，一

　　日夜晚，我梦见了那座老屋，又听见了那女孩子的说话声，冥冥之中，我认真仔细地聆听着那空灵般的声音，努力分辨着它来自何方。哦，我终于听出来了，那是我两个妹子的说话声，或许还夹杂着老父亲的话语。老屋是家的根，对它的一砖一瓦都有感情，行将要拆迁之际，莫非都想回家看看吗？

　　在许多年以前，他们都因农村的恶劣环境失去了生命。大妹子十八岁，小妹子四岁，父亲六十四岁。此时，我分明听到了他们的说话声，但还是不知所云，他们到老屋里仅仅想来看一看，到底想说些什么？

　　我醒来了，感觉如释重负，精神焕发，于是，又想起了许多往事。

　　第二天，傍晚，我买了两刀纸钱来到老屋前，点燃，熊熊火光照亮了陈旧破败的老宅，青青的烟雾萦绕在老屋四周，慢慢飘向天空，徐徐融入夕阳的晚霞之中。

敬爱的老人

岁月的风霜，你们曾经饱尝；世态的炎凉，你们曾经面对；人情的冷暖，你们曾经感受。你们，总是令人牵挂和想念，无论是"现在进行时"还是"过去时"，我故乡的老人。

严寒已过去，春天又来了。枯萎的草儿吐出了嫩芽，光秃的树木长出了新叶，灰蒙蒙的大地变成了一片绿洲。冬去春来，往复无穷，树木花草，生生死死，这是铁定的自然法则，而你们的生命，有如花草树木，永远不会过去，永远会激励着年轻人去爱，去创造新的生活和新的生命。

是什么不断激活了新的生命？是你们不朽的精神！春风吹绿大地，春雨滋润禾苗，春燕飞翔蓝天，那是春夏秋冬生命的传承。去年的燕儿，今年又来了，来到了去年的窝窝，重新搭建和装修它们的窝。那你可曾明白，那些衔着树枝，飞来飞去的燕子，正是去年在这个巢的蛋蛋里钻出来的小家伙。今年，它们的爸爸妈妈也许来了，也许没来，也许活着，也许已成"作古"，但这"不碍紧"，没什么，一切都会"传承"并重新开始……

你们，曾经教我如何做人，如何劳动，如何生活，那就是本本分分做人，勤勤恳恳劳动，踏踏实实生活。随着时空的流转，证明了你们教诲是正确的，我正是靠了这些，才在这个世上"存活"下来，并获得了快乐！我不会忘记，桂生伯伯教我学说话；春度伯伯给我讲故事；阿林伯伯及伯母曾经鼓励我用功读书，完成学业；雪林伯伯是瓦匠，有一次请他到我家砌墙头，他说，人还是诚实点好。他没有文化，但他的话我记住了……不知为什么，村上的所有老人都对我关心、呵护过，也许，这是我的幸运啊！

我们总是那样快乐，精神饱满并向着光明前行，不会成为迷途的羔羊，是因为先辈们指明了方向。你们的教导，后来人不会也不应该忘记，这就是热爱自己的家乡、祖国和人民，那是真正的母亲。在任何时候任何情况下，我们时刻准备着，用汗水、鲜血和生命，只要母亲一声召唤，我们会立刻行动。

总有一天，年轻人也会变老，先辈是我们的榜样，而我们也当成为后人的楷模。总有一天，我们也会离开自己热爱的生活和亲人，但会像你们一样，把快乐留下，把痛苦带走。

春天既然来到，秋冬也会降临，可那是收获的时节，我知道你们期待着累累硕果，放心吧，我们已经收获颇丰，并会做得很好！

第三章　往事悠然

乡霸与弱女

一大清早，冯云秀打开大门，大雪把门口封堵了半截，整个村庄掩埋在皑皑白雪之中，在门缝的积雪里，惊现一个牛皮纸信封，里面是一张绑票，上面赫然写道："老板，今朝夜头将袁大头三十块送到西石桥上，逾期家中有难。道万福"。她从来没见这个世面，吓得倒吸一口冷气。

冯云秀半天才回过神来，"偷风偷雨不偷雪"啊，送绑票也不挑挑日子，她一眼就捕获了那一串串邪恶的脚印，紧紧跟踪了三四里路，轻轻松松找到了脚印的家。

脚印的主人叫王金坤，因与人打架造就了满头伤疤，雅号"烂头金坤"，是一个游手好闲的乡里泼皮，还是恶霸顾挺德的干儿子，但再一打听，顾挺德的干儿子干女儿多如牛毛，且有"铁干"和"烂干"之分，"烂头金坤"属"烂干"之列，因此，不能证明绑票事件与"干爹"有任何"干系"。

称呼冯云秀"老板"，正好印证绑匪对其家境有所知晓。冯云秀丧夫不久，时年仅三十二岁，家中小有资财。丈夫顾兆福丢下四个孩子、一条水牛、四间房子和九亩田地，就算全托付给她了。因为家中没有了男人，所以"有人"就称她老板了。

冯云秀因家境贫寒，十四岁就出嫁做了童养媳。她父母用一副箩担挑着全部家当，从苏北逃荒江南，最终在常州落脚。父母把她嫁给了一个双目失明的人，但此人是武北（常州城至长江一带）地区妇孺皆知的八卦先生，是大名鼎鼎的人物。但那年闹霍乱，大半个村子遭了殃，男人几乎死光光，大先生也未能预料自己遭遇灭顶之灾的命运。

家没有男人，自然就苦了女人，更何况兵荒马乱。

今天，绑票居然送上孤儿寡妇的家门，咋办？四个孩子还在被窝里微笑，在梦乡中呓语，全然不知发生了什么。苦难总是由母亲自己留着扛着，她不敢惊动孩子，唯恐打断了他们的好梦。

为了孩子，她没有再嫁，种地人家，年轻守寡很不容易，原本男人做的许多重活力气活，现在只能由自己硬挺，希望就是孩子一天天长大。她含辛茹苦，且聪明能干，除了在贫瘠的土地上日夜耕耘，还办起了一家酿酒作坊，把这个破败的家慢慢支撑了起来。

三十块大洋？哪有这么多钱？即使凑了钱深夜送去桥上，说不定连钱带人都被一把抢了过去，或者谋财害命，把人扔进大河里走人，那家里的孩子怎么办？再说了，有了一次就会有两次，匪徒的牛皮纸又不是圣旨，俗话"打倒不如吓倒"，也许是欺软怕硬，吓唬人而已。冯云秀顾前思后，一咬牙，狠心道："今天我就是不拱手相送，坐在船上等潮来，看你能把我咋办！对，就这么办！"

她在孩子面前不露声色，只是交代他们不要到外面玩耍，傍晚，早点关门吃晚饭。她还给孩子唱起了自编的儿歌，哄他们入睡："关关晚饭吃大门，外头听见人咬狗……"逗引孩子们一片笑声。

一天，两天，三天过去了，不见动静，冯云秀似乎感到可以松口气了，但又想这种平静也是不祥之兆。这三昼夜她没合一下眼，并把一个装着三十个大洋的布袋放在堂屋的八仙台上，万一歹徒侵入，一眼便能看见，随手便可取得。但这一连几天没声息，大洋自然分文未动。难道，这些江湖中人欺我妇道人家玩了空城计？

等到第四天，绑匪终于露出冰山一角，但不料他们没有正面袭击堂屋，而是"侧攻"，在酒坊山墙上打了一个大洞，将两只锡锅等酿酒设备、成品烧酒和十几担制酒的大米洗劫一空，场面一片狼藉。如此，就等于把酒坊全毁了。劫匪还顺手牵羊，"拿"走了三十多块豆饼。

这大概就是所谓"有难"，左邻右舍都送来悲愤的安慰，无奈的同情。面对残局，冯云秀没有呼天抢地，没有怨天尤人，而是出奇地冷静，她眼观四路，耳听八方，也许，这是坚强女性身处逆境时特有的力量。

她思忖道，盗匪这次的出手，不难看出，既是坏事，也是好事。墙上挖洞，连几块豆饼也要掠走，说明匪徒能耐有限，雕虫小技而已，但四邻八乡不是没有富人，为什么偏偏冲着我来?！而村上的"老头子"顾挺德（黑道中人），经常号称"凶人不怕，善人不欺"，从来不抢村上人，不吃窝边草，眼下怎么连个屁都不放？冯云秀思量了半天，冥冥之中，她感到了一种异样和恐惧。她喊邻居们来看好现场，并与他们如此这般商量了一番，令家中的一个伙计跟随她径直来到顾挺德府上。

顾挺德，武进北乡一霸，靠敲诈勒索和做烟土生意横行乡里，家有良田、厅屋、丫鬟、家丁、白马，是一个号称能够呼风唤雨的人物。人们称他为"老头子"，一些有钱有势的人家，每到逢年过节，都要去朝贡他，这种事情，叫作"拜老头子"，凡拜过他的人，便会没有人敢欺负你，遇事也会逢凶化吉。是不是因为冯云秀及她先生在世时，从来没有去拜过他而惹了祸呢？

这时，顾挺德正躺在床上，有三四个年轻女子在服侍他吃鸦片。只见一个肩上挎着短枪的家丁进门禀报，有个女人求见。

"谁，哪来的女人？"顾挺德没好气地问。

家丁报告："是村上人，叫冯云秀，她说有话要讲，不见不走！"

顾挺德听说是村上人，便说："让她进来。"他一直自称从不欺而只有照应村上人家。说有人骂我是恶霸，骂错了，我对外村人是武霸，对本村人是文霸。

顾挺德猛抽了一口大烟，在烟雾缭绕中，出现了一个女人的身影，定神一看，倒是个眉清目秀的女子。

只见她作揖自报家门，是算命先生顾兆福家的老婆。又称，顾先生与我家顾先生同根同村，上代都是一家，你大先生从来对我家都有照顾，甚为感激。昨天晚上村子上出了事，有人入室盗抢，未知顾先生是否知情，在顾先生眼皮底下干这种勾当，不是蝗虫吃过界了吗？

顾挺德听罢，从床上坐了起来："小女子，你所说真有其事？"

其实，他心里十分震惊，这次挖洞，全是他的授意。原委是，前几年他曾请同村顾先生算过一卦，顾先生对他耳语道："你要我讲真话还是假话？"

"真话！"顾挺德回答斩钉截铁。那顾先生就讲了个明明白白："你上半世风光，下半世受难。"对此，顾挺德不以为然，但最近时常听到解放军要过江的谣言，日夜胆战心惊，很是责怪顾先生是乌鸦嘴，把他的命算坏了。于是，就让喽啰去对那个人家"勿伤人命，骚扰一下"。他没见过这个女人，更没料到会登门造访。

这时，只听小女子道："顾先生，我家盗抢的现场没敢动，还有人守着呢，我就是来请顾先生大驾亲自去察看的。"

"这，不，不用了，我相信，小姐还敢骗我吗？"顾挺德做贼心虚，含糊其辞。

"你不去不要紧，就是到底有谁能保百姓的一方平安？江湖中人，欺负一个弱女子，欺负一个孤儿寡妇之家，能算是英雄吗？恐怕连狗熊拉的屎都不及！"冯云秀不紧不慢，有理有节，"请你一定帮我查究坏人，半个不能漏网。"说着，把绑票递了上去，"我知道是谁送的绑票。"

"谁？"顾挺德额上竟冒出汗珠来，"我不会放过一个坏人！"

冯云秀神秘地说："头号嫌疑犯也许是——烂头金坤！"

不日，烂头金坤将盗抢之物送上门来，悉数奉还，还左右开弓，跪在"老板"门口扇了自己七八个巴掌，口中痛骂自己。

从此，也再无骚扰之事。顾挺德因整死过不少无辜村民，是背负"血债"之辈，解放初被人民政府判了死罪，执行枪决。

冯云秀是我的外婆，如今我时常怀念她。

时代英雄

上世纪 60 年代初，三年自然灾害时，百姓食不果腹，即使在盛产大米小麦蔬果的我的家乡，也还是饿死了许多种粮的农夫。城市的压力特别大，大米卖到十几块钱一斤，居民难以度日，大城市尤甚。为了减轻城市的压力和负担，上头发动城市居民"下放农村，支援农业"！

当时的农村经济状况更困难，许多农民一年吃不上一顿饱饭，煮稀饭也没几粒米下锅，他们整日整年靠吃野菜度日。因长期饿肚皮营养不良，造成浑身浮肿，不治而亡。这时的农村，最需要的是粮食、医药等物资，特别是缺乏资金。"支援农业"，支援些什么呢？不是钱物，而是"人口"。有人就有口，是要张嘴吃饭的，鼻子底下一横，最不容易侍候。城市居民向农村疏散，实际上是加重了农村的负担，加重了农民的负担，因此，农民在这一非常历史时期也是作了重大贡献的。

上海漕家渡是我的出生地，在母亲坐朋子的时候，最好的营养是 1 斤猪肉，且吃了个把月。1962 年的一天，家中来了两个不速之客，干部模样，他们是来动员我父亲"下放"农村的。当时我父亲在公私合营上海南洋电机厂工作，他 13 岁时就进这家厂子学徒了，是老工人。母亲在一家金属冶炼厂工作，他俩都是"正式工人"，是正式在册的工会成员。他们知道最近每天有人上门到工人家里去做"下放农村"的思想工作，再苦，大城市也比农村强啊！谁愿意下放呢！这引起了一阵阵恐慌，但遇上一些老实巴交的工人，有的做了一两次思想工作就被"搞定"了。

"现在国家遇到了暂时的困难，你们先下去，等经济好转了，再把你们调回上海。"他们的开场白总是这么说，已经倒背如流了。"国家是不会忘记你们的，这也是我们工人阶级的责任……"

是啊，国家兴亡，匹夫有责。我们工人阶级，是最光荣最先进的阶级，应该走在时代的前面。

我的父母祖籍都在常州武进县。那两个"干部"说，你们无须到新疆黑龙江去，回原籍不是也很好吗？那里是鱼米之乡啊，不要太舒服哦！

我母亲问道："那我们夫妻下放一个人行不行？"

"不行啊，你们年纪轻轻，怎么可以分居两地呢？"

"那两个都下去，孩子怎么办？"母亲又问。

"一起去啊，小孩怎么能跟父母分开呢？一家人在一起，团团圆圆，多好啊，何必要东一个西一个，相互牵挂?!"

我的父母亲知道他们在说些什么，也知道不速之客在别人家受到的礼遇，这种礼遇也把他们逼上绝境。

有个工人很认真地问这些不速之客："同志，现在国家困难，你全家下放吗?"

"我……"不速之客无法回答这个问题。

"这样吧，你走前头，我跟你走，我们一起下放!"工人提出的条件一点不过分。不速之客瞠目结舌，掉头走人，从此再也不来做这个思想工作了。

可是，我的父母亲无法也不能用同样的办法来对付不速之客，因为他们一生一世憨厚忠良，正直为人，老实巴交，从来没有一丝一毫的虚伪。他们也不想去逼不速之客，不想去害人家，登门造访，是他们的工作。父亲13岁进上海滩学徒，吃了很多苦，是共产党把他从水深火热中救了出来，眼下国家有困难，如果自己隔岸观火，畏缩不前，不肯做点牺牲，这不是恩将仇报吗? 猛抬头，忽见破旧的吃饭桌子上方，毛主席亲切慈祥的笑容，好像要对我的父母说些什么。主席画像及两边的对联，赫然在目，虽然每天见得，但今天特别亲切："听毛主席话，跟共产党走。"此刻，毛主席的目光仿佛一直紧盯着父亲。我的父亲心中一阵颤抖激动之状，难以言表。心里默然道："主席啊，我知道怎么做了!"

还有什么好迟疑的呢? 到农村去，到广阔的天地去! 1962年，父亲携全家老少共5人下放农村回到老家，那年我7岁，还有两个小妹妹。

回到常州武进老宅，真正连家徒四壁都说不上，因为，屋顶通着天，没有窗户，山墙已摇摇欲坠。我的大妹子高雅芳那年秋冬之交受冷空气的袭击，患上了风湿性关节炎，不治而亡，年仅 18 岁。小妹子高玉芳，在一个饥饿的噩梦般的夏天，自己采了一根黄瓜到河边去洗，准备充饥，不幸溺水身亡，年仅 4 岁。家庭的境遇震撼了四邻八乡，苍天也为之落泪啊！我父母过去上海的同事，都痛心疾首，有的甚至责怪我父当初的决定，说他们当时咬牙顶住，不是也留在上海了？他们不都留下来了吗？

我的父亲回答说，自然灾害已经过去了，至少，我还有两个儿子……1994 年 9 月 27 日，父亲因积劳成疾离开人世，年仅 64 岁。

英雄就是英雄，狗熊就是狗熊，这个由不得自己评说，历史自有公论，苍天自有眼睛！国家兴亡，匹夫有责。一直到死，我的父亲没有后悔，我们全家没有后悔。自己的决定，父辈的决定！

心 病

　　二爷在赵奶奶的尸体面前失魂落魄，举止怪异，弄得丧家及奔丧客莫名惊诧，迷迷惑惑，疑神疑鬼，甚至引来满村十坊一篓一篓地闲说闲话。他疯疯癫癫的模样，赛如丢人现眼的小丑。

　　这不，赵奶奶就躺在那里，安详宁静，亲属们依次下跪磕头，守夜开始了。霎时间，哀乐声起，哭声震天，香烛弥漫，场面悲恸。此刻，突然有一个人物迈着沉重的步伐从人群里走了出来，这就是高二爷了，只见他也跪倒在守夜的队伍里。见此情景，众人面面相觑，因为，二爷不过是同村邻居，按乡里的风俗，是没有资格守夜也是不可以下跪致哀的，否则会亵渎死者的魂灵。

　　赵奶奶八十有六，拥有七个儿女五房儿媳，且不论她子孙满堂，家业辉煌，单讲秉性口碑也是没说的。她在暖暖的春天里平静地"自然离世"，走得幸福圆满。因此，丧事也办得温馨安谧，一切按部就班有序进行，不料，半夜里了杀出一个程咬金来，二狗子把人家圆满的丧事搅得像一锅粥。

高大爷高二爷都是村上的九旬老翁，是从小在一起玩耍的光屁股朋友，从来兄弟相称，情同手足，他们经历和见证了清末、明国及共和国三个朝代，是全村的最高长老，人称"活宝"。即使如此，二爷的举动还是不合规矩的。大爷二爷的满堂子孙也顿感一头雾水，不知所措。而大爷本人似乎显得比旁人平静，他与二爷并排齐刷刷地跪在那里，人们隐约见得被鲜花簇拥的赵奶奶慈祥的仪容。

队长高耕火是这次治丧的总管，他见高二爷久跪不起，面露难色，很是尴尬，但二爷是村上的老前辈，再说这是老人家对死者的哀思，不可随意批评。不过村有村规，家有家法，二爷再这样长时间无休止跪下去，岂不乱套？于是，就很有礼貌地跟二爷耳语，劝他尽快结束跪拜，随即又伸出双手想把他搀扶起来，不想二爷坚决不从。众人一时拿他无计可施，只能罢休，待仪式结束，众人离去后再作计议。

仪式行将结束，天色已晚，众亲友纷纷告辞赶路回家，跪在地上的亲属赶紧一齐站起来，准备送客。但等到诸位起身后，见二爷不但无意"收兵"，还将腿脚盘坐起来，纹丝不动，神情凝重，仿佛一尊雕像。他的老伴儿媳一行站在一边，干等，干着急。

高大爷的儿子上前劝道，二爷大人，你与我娘是老伙伴，在一起邻里相处了一辈子，去的人去了，你还是要保重身子，节哀顺变啊，请回吧！一面说着，伸出双臂要把他抱起来，哪知二爷坚如磐石，岿然不动，且这话音刚落，只见二爷泪如雨下，不禁失声痛哭起来，众人急忙上前安抚。这时，二爷突然感觉眼前金苍蝇乱飞，屋顶打转，横躺着的赵奶奶慢慢竖了起来。他双目悚然，身子瘫软，一斜，倒地"呜呼"。两家人惊恐万状，立马把他抬上沙发平躺下来。老伴一面哭着解开了他的前襟，在胸口自上而下抹了一通，但见他只有出气，没有进气，生命迹象似乎愈来愈减弱。

高公子见此情景，更是急得团团转，心想要不是自己拉他起身，也许不会出事，万一有三长两短，自己脱得了罪过吗？即令总管火速找来村上的赤脚医生，掐住他的人中，给他灌了一碗红糖开水，二狗子终于慢慢缓过一口气来，睁眼见老伴等人士在哭哭啼啼，便骂道："哭什么哭，我又没死"！老太太被他这一声怒骂，破涕为笑，又惊又喜，抹着泪儿回话："不是的，我以为你回不来了，吓煞我咧"！又说，你回来就好了，医生说你体力不支，再也不能跪了，再来一次就要拜拜了！

有惊无险，众人七手八脚把二爷抬回了家。

在往昔长长的岁月里，大爷二爷赵奶奶仨玩得挺好，大爷比二爷长几个月，是老大，他少时读过三年私塾，识字，如今还能背诵几段之乎者也，知书达理，人称"孔夫子的卵泡"。二爷家里穷，没读过书，一字不识，大文盲，但又是一个直心直肚肠的汉子。赵奶奶出自富裕人家的漂亮村姑，也识字，会绣花、织布和下象棋，很令村妇农夫仰慕。仨，一个精细，一个粗蛮，一个美貌。在一起玩耍日长许久，便自然相互"渗透"，各有提升，感情也越发亲近，那"关系"并非是一般兄妹之情可以比拟的。在超过四分之三的世纪里，凡遇着天灾人祸，三人两家无不抱团应对，共渡难关。据说那年有个日本鬼子从镇子的碉堡里钻出来，扛着长枪到村上晃悠，被村民做了。当晚一群鬼子到处寻人不着，就烧了本村几家人的房子。传说干这个杀人"勾当"的就是那三人"团伙"，但没人看见无证据，至今是个谜。这是闲话，休提。

再说，赵奶奶的丧事已经过去好长时间了，但二狗子长跪的"事迹"却引起了许多村民的猜疑，众说纷纭，弄得全村沸沸扬扬。或说，二爷对赵奶奶过世如此伤心，说不准他们年轻时有一腿哦！还有的说，几十年前，二爷被毒蛇伤，幸亏赵奶奶口含烧酒，对着伤口把毒液吸了出来，救了二爷一命。赵奶奶对他有救命之恩啊！还有怪论，他们晚年一起抓纸牌，也许是二爷欠了赵奶奶的赌资，还没结账吧？更有年轻人"考证"：大狗子，二狗子和赵奶奶仨一辈子如一日，风雨同舟，从孙中山上台到新文化运动到抗战到"土改"到合作社到人民公社大跃进到改革开放后的"农改"，一路走来，老年人不比现在的年轻人，重情啊！云云。

但二爷的老伴有截然不同的"故事"，说是老头子几十年来一直暗恋着赵奶奶，而赵奶奶对二爷也好着呢！二爷太太的发声，就像油锅里撒了把盐，于是，二爷的跪拜事件，又持续、高速发酵起来。

两家子孙儿女怎么没有也没想到，丧事会出现这样的"花边新闻"，赵奶奶的儿孙辈们终于按捺不住，找到二爷家那些人，说，趁着你家老爷子还健在，倒要把话说说清楚，免得让我家老祖宗在九泉之下还要背黑锅！

高大爷对这些传言，总是一脸平静，对儿女们说啦，你们的老爹老娘是柴米夫妻，步步不离的，我们三个是一辈子的好兄妹，别听人家瞎说！

老爷子的声音，一句顶一万句，两家人马的无端猜疑无理争吵，终于平息下来，但全村几百张大嘴，你捂得住吗？有好事者还把一些零碎的传言无限放大，编出一个个活灵活现的故事来。人言可畏哦，唯恐人家指指点点，二爷竟足不出户"躲"了起来，仿佛自己无颜见人似的，突然从这个村庄蒸发了。

一日，二爷约大爷去村委农民俱乐部坐坐，里面设有棋牌室茶馆店。平时他们每天上午都要一同去那里吃茶，只因赵奶奶过世，已经长远不去了。一进大堂，那些茶友们便投来异样的目光，顾不了那么多了，高二爷要了旮旯里一个"雅座"。

二爷开门见山："老哥啊，我俩从小在一起活到这一把年纪，眼下都是黄土埋到胸口的人了，不过我岁数在狗身上，没活出一个人样来。有一句话，我憋在肚子里大半辈子了，折磨人啊！现在嫂子都已经过世，再也不能憋下去了，今朝向你统统倒空，免得我以后进了棺材五脏六腑还要受煎熬。"

大爷淡淡一笑："老弟，什么都不用说了，我啥都知道！"

"什么，你都知道？"二狗子死也不信："我肯定你啥都不知道！"

"不，你还是不要说了！"

"我要说！"二爷情不自禁怒吼叫起来。

还是分田到户头几年，日子一天天好过起来，"改革开放"那会儿，村民们胆敢玩纸牌麻将了，并且把它当作唯一的娱乐项目。那天夜头在村东四鬼子家抓纸牌，二爷迟了一脚，没抢到位置，就坐一旁做看客，兼烧水倒茶服务员，大家玩得很开心。九十点钟光景，开水吃完了，二爷就到灶间烧水，但刚收场的稻草全是湿漉漉的，点不着，二狗子对大伙说，稻草点不着火，我回家烧水去！说着就拎着热水瓶出了门。

路过大老兄家，见木窗射出一线光，那准是大嫂还在美富灯下做针线活，就顺手敲了几下窗格，叫道，嫂子，这么晚还不困觉，还在摸什么鬼！

赵奶奶一听是二狗子，骂道，"你这小狗子，吓死老娘啦！"

"吓死了才好，省得我老是想着大嫂子，哈哈！"二爷又说又笑。

二狗子回到家，见家里有两瓶开水，是老伴给他洗脸洗脚准备的，

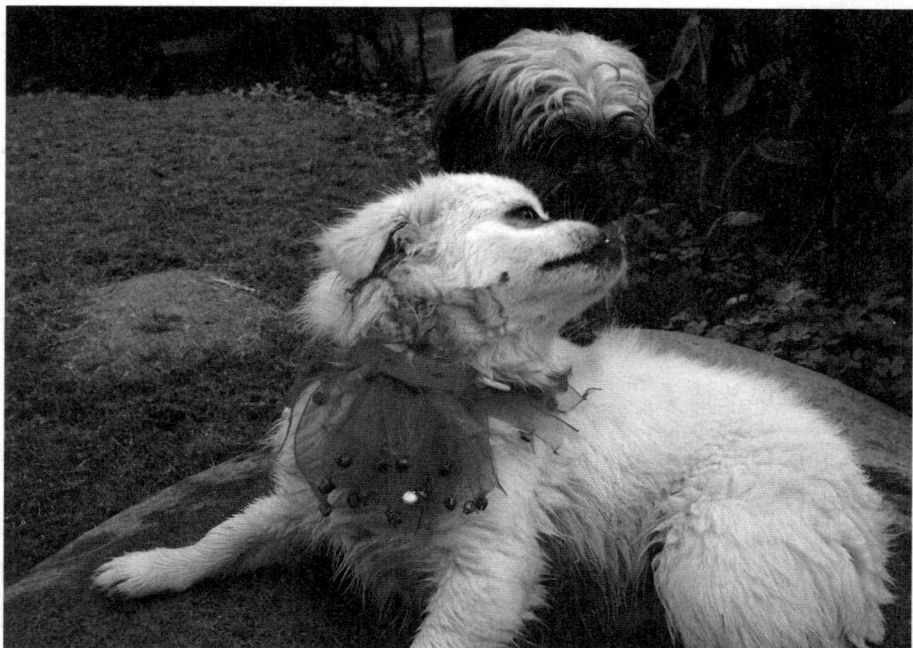

不用烧了！二爷拎着就往回走，又经过大狗子家门口，见窗户灯已经熄灯，但大门被风吹开了。那时的村子是出不闭户从不上锁的。二狗子思量嫂子也许是困觉了，何不进屋去吓唬她一下，闹着玩。

于是，二爷的脚一歪，就跨进了门槛，胸口怦怦跳，像小偷般蹑手蹑脚，且熟门熟路，摸到了嫂子床边。不禁心中起了歹意，在嫂子身上占了点便宜之后，心想毕竟做贼心虚，是非之地不可久留，急忙拎着水瓶回到另一"现场"，若无其事，继续泡茶，倒水。就这样，神不知鬼不觉，几十年过去了。

二狗子说，老哥啊，我聪明一世糊涂一时，做了一桩坏事，今朝向你赔不是，还请老兄原谅我一回。几十年憋在肚子里，快要烂肚肠了。这时，只见二狗子额上青筋直暴，箍头汗珠子一颗颗冒出来。

大爷听罢，十二分的淡淡定定："老弟啊，你说的我真的都知道"。

"啊?! 老哥你不要骗我啊，你怎么会知道的?"

原来，那晚大狗子回家上床困觉，惊醒了老伴，她好生奇怪，问道："你不是刚才回家了吗，怎么又出去了?"

"说你的梦话，我啥时候回来过啦?"

这时，赵老太太感觉有点不对劲，忙改口道："我刚才乱梦颠倒，兴许真的是说梦话了。"

大爷没在意，一夜无话，但后来回想起来，二狗子那次烧水回来，把左右衣襟的纽扣都上下错位了。又想起老太太话，两件事一连起来，大爷就猜着八九分了。这会儿大爷说了，"我知道你心里喜欢嫂子。我也爱我家老太婆，也喜欢你这个小老弟，这层窗户纸，我就不该捅破，否则，我们仨都有脸面，我们的子女也都有脸上光。老弟，活人总是会犯错，知错也是英雄啊！"

"老哥，我懂你的意思。我早就知错了，倒不是死无对证，对天发誓，我那是第一次也是最后一次。从那以后有一回你上城不在家，我又去探望嫂子，被她连说带骂，训了一顿。她说了，原先过苦日子的时候，大家年纪还轻，反倒没想到去做哪门子事，现在吃饱了撑的，这叫饱暖思淫欲。无论男人女人靠别人是教不好的，只有靠自身修炼，才能成器，这叫作要学好自学好。现在大家儿女成群，如果你我不要面皮，子女们还要往前走呢！狗子你还是回去吧……我被她数落得不行，夹着尾巴逃走了。"

"这个我相信！"大狗子也是感慨万千，"能够自知就好。你看眼下多少做官佬、有钱人、仗势的，自认为苍天没有草帽大，忘乎所以，结果光鲜不了几天，就连回家的路都不认识了。没救！你嫂子讲的是个理儿，要学好自学好"。

"老哥，我倒像早已开始学好了，自救自，我拿自己的廉耻救自己。只是不料我这个老粗出洋相做了一回现世宝，闹得满村风雨，让小辈们没了脸面，不知如何收场？"

"二狗子，你也算长大了些。清朝末年那会儿，许多人都已经癫癫狂狂，浑了。你终于没浑，我高兴！至于这撮戏怎么收场，只要我一句话，就可以让全村人民统统闭嘴！"大狗子说。

"咋办？"

"嫂子不是救过你一条小命吗？"

老大的脚与刀手

我身材粗短，脚如鸭掌，双手刀伤如林，像是从炼狱里钻出来的怪物。

兄妹多多，做老大的凡事都要吃苦在前，享乐在后，真的有点"高尚"。兄弟姐妹如能理解还算好，不理解就冤了。我在四位兄妹中排行老大，自没少吃苦头，他们能否理解我，现尚不清楚，但两个妹子对我定能理解，因为她们都在另一个世界托梦给我，说是爸爸前几年过世后，靠她们照顾。现今长子为大，多谢哥哥带领全家过日子，照顾老母，谁叫你是老大呢！受她们表扬了一番。

一梦醒来，心中激荡。毕竟兄妹情深，在世界的这一边和那一边都有人顾念，企盼我等好好地活着。

　　本来放学回家就天色已晚，照例背起篮子准备去樵草，那是给兔子羊儿必备的过夜草。正要出门，被娘喊住，说是家里没细糠了，快挑一担稻草去轧糠。我说，知道了。事不宜迟，去柴堆抽了几十把稻秆，捆成两大捆，挑了就走。

　　离家最近的轧糠地方是叶家桥电站，往北四五里路，正路过一大片荒野之地，又要穿过一块乱葬坟，幸亏太阳还没落山，不怕，但还是看见一堆新坟，烧化的余烟还怪怪地在坟墓上方转悠，心里不禁打了一个寒战。

　　这猪猡猡虽然并不挑食，好服侍，但如果都吃豆饼、麸皮和山芋藤之类精饲料，还真的是吃不起，必须弄点稻草糠搭配着吃，这是粗饲料。那轧糠的机器别处是没有的，只有水电站才有，一把把稻草进去，就进了一个鼓鼓囊囊的很长的布袋子，待稻草全部放进机器，就关机，布袋里倒出来的便是稻草的粉末。在装袋的时候，细糠与里面的空气一齐喷出来，必定弄得头发、眉毛等浑身是糠，吸进肺里的就看不见了。付了钱，挑着两个麻袋赶紧打道回府，脑子里不时想到那个荒坟滩。

　　不料越怕越想，越想越怕，不知不觉又快到那条必经之路了，飞不过，闷头走！月亮出来了，照射在夜色茫茫的田野。索性没有月亮还好一点，什么也看不见，凭感觉急行军就是了，现在倒好，青色的月光照在路边的坟地上，隐约看见那里冒着烟雾爆出火星，发出噼啪的怪声，在夜空中回荡。

　　那年我十四五岁，正读初一。老师从小学里就讲过了，世界上是没有鬼的，我相信老师的话，但还是很害怕，害怕极了。那担子，也是越挑越重，我稚嫩的腰杆仿佛要折断。

在离家还有一里多的地方，身后响起了窸窸窣窣的声音，好像后面有人跟着我。我想把扁担麻袋扔了就跑，但不行，猪猡猡还等着吃晚饭呢。我越走越快，不敢回头看一眼。这时，我的体内突然产生一股巨大的力量，以迅雷不及掩耳之势进行了突发性加速，一口气跑回了家。急促的敲门声，我大喊妈妈。她惊呆了："发生什么事了？"

"没事。"我可以回头看了。重负和恐惧终于扔掉。这时，我开始理解什么叫"如释重负"。我累倒了两天，几乎不省人事。

少时，在我太多太多劳作的重负中，最刻骨铭心的是挑担。从小学到高中到农村务农，艰辛的悠悠岁月都是由扁担挑起来的。在家里，挑水浇菜、挑粪施肥、水缸加水、挑干土、挑草皮、挑水草、挑山芋藤、挑谷子磨粉碾米、挑稻草做糠、挑猪粪羊灰兔屎垩田以及在过年前挑黄豆做豆腐百页；在队里，挑河泥、挑猪灰、挑青草、挑干灰、挑粪桶、挑秧苗、挑稻秆麦秸、挑稻谷麦子、挑砖头、挑绿萍、挑石子、挑田青、挑氨水、挑化肥，不胜枚举。反正生产队里一百三十余亩的每一块地里，都留下了我挑担的身影和足迹。在生产队挑河泥，那活儿是真家伙，先用钉耙把河泥从草塘里钩出来，装进土箕里。土箕是竹篾编制的盛土器具，如果装满了，要超过一百五十斤，因我身体单薄，队长叫我少挑点，但那重量也远远超过了我的体重，并且，要担过去好几块田，远的有一二里之遥。

最吃紧的是挑粪桶河泥，一个男性壮劳力都不敢挑"满桶"，因为那样就有将近三百斤。大人们挑大半桶，我只能挑小半桶，即使这样，已经大大超过我身体的总重量，我总是干得上气不接下气，中间要断气。

家里常年养了两三头猪，精饲料不够吃，于是，我要不远十余里，到外婆家去挑山芋藤、米糠、麸皮、北瓜和豆饼之类东西。外婆家有一亩多自留地，山芋藤种得很多，一时来不及吃，就把藤斩碎，放在水缸里腐烂、发酵，产生一种又香又臭的怪味，猪猡猡特别喜欢吃。这就害苦我了，隔三差五要去进行一次长途跋涉，我在途中要"歇肩"几十次，才能挪到家。妈说，那时你正当是长身体的时候，"身条"本来完全可以长高的，后来硬是被"压短"了。这使我的身高与脚的长短大小比例失调，我胞弟就比我高出半个头来，这就是因为他没压过担。爸爸远在上海，谁叫你是长子呢？于是，谁想不到，我的脚掌比我弟弟比一般的人大了许多许多，又扁又大，我老大的脚，是老大老大的，是一双在苦水里浸泡大的老大的脚！

闲扯了大足，再说说刀手吧。刀手是谁？我就是！

作为一种劳动工具，我用刀去做了许多事情。我的刀大体上有四种：镰刀、白刀（菜刀）、竹刀和铡刀。

镰刀又有三种：平、薄、长的江南镰刀，这种刀便于收割水稻和小麦；短而厚的江北镰刀，适合樵荒草；锯齿镰刀似乎是在上世纪七十年代末才发明的，是割稻的专用镰刀，用这种刀省力、好使。我用菜刀不是烧菜，而是用它斩水草、山芋藤之类猪草。竹刀用来砍竹子、砍树枝等硬柴。铡刀被固定在长凳上，把干草和稻秸铡成一二寸长短，在冬天喂牛羊。

这些锋利而明晃晃的刀具我都使用过，且得心应手。从读小学到高中毕业前的十三四年里，我割了多少亩稻谷麦子，樵了多少篮青草，斩了多少担水草、山芋藤，砍了多少捆竹木，铡了多少堆干草，现在已经无法统计，我只晓得因过去长期握着刀把，在我不惑之年时，右手仍有厚实的老茧。我还曾经用刀狠狠地杀死过几条伤害我的毒蛇。我的右手，是挥舞战刀久经沙场之手。

我的另一只手因为要握住庄稼等物体，在劳作过程中一不留神就会被砍伤，鲜血淋漓的情景时有发生。那刀伤大约有二三十处，几十年以后的今天，有的已经弥合，遮掩了刀手的历史，但能够依稀辨认的，还有十几处，最大的一个伤疤有五公分长，是在斩猪草时留下的记忆，当时缝了十一针，针脚至今清晰可见。哦，我的左手，是刀疤纵横的手。

如今，我从一个赤脚光屁股的农家野孩子长成一名写作者，成为另一种刀手。为了我们的民族和人民，在无垠的大地上不屈不挠，"刀

耕火种"，虽然难以做到刀刀见血，但我永不言弃。我的老师万剑南因创作长篇《说岳全传》而深受牢狱之苦，那时，他把手稿藏在一个学生家的阁楼上，但终究未能逃过付之一炬的劫难。前期，我在当地报纸上点了一个"乡霸"之名，遭遇围剿。

有时，老大的脚与刀手万般默契，能够出奇制胜；有时，勇敢的脚步跨了出去，刀手却不好使，手脚不能完全并用。

我老大的脚只因在苦水里浸泡太久而已经变形，但它们总是不知疲倦，在蹉跎岁月中踽踽徘徊，蹒跚前行。刀手征战千里，披荆斩棘。我的"手舞足蹈"伴随着共和国前进的步伐，走过了半个世纪五六个年代，见证了风霜雨雪沧海桑田。

作为一个生命的个体，老大的脚走向彼岸，也走向归宿。清晨的缕缕霞光，透过硕果累累的庄稼照亮了老大的脚以及累累伤痕的刀手……

请裁缝

老辈的穿着多是"正穿三年，反穿三年，缝缝补补再穿三年"，虽然兄弟姊妹多多，但从来舍不得把衣服穿过就扔了的。往往是"老大穿到老二，老二穿到老三"，依次穿下去，且不分男孩女孩，一直穿到烂不能补为止。二十世纪六七十年代，服装店甚少，农村都是请人到家里来做衣服，现在服装店在农村铺天盖地，各色衣裳，又便宜又好，裁缝在农村已经销声匿迹。

那时请裁缝是家庭一年中的大事，因为这不是随便好请的，要花许多钱啊！人靠衣装，佛靠金装。家家户户视家里的"皮皮头"多少，请裁缝做衣服的频率不一样，或一年请一次，或一年请两次，或两年请一次。请裁缝就是把裁缝师请到家里来，给家里需要添置衣裳的人，量体裁衣，现做现穿。说"需要"，其实人人都需要，一般也只能给"急需"的人先做，有旧衣的，或还可补一补再穿的，就"排队"到后面，或者到明年后年再做吧，任何人不要有意见，有意见也没用。

请裁缝要先上街上去"剪布"，这剪布也不是随便剪的，不是想剪多少就能剪多少，即便有钱也没用，因为需凭"布票"，这是凭家庭人口分配的东西，非常金贵，也有的人家有布票却没钱剪布的，就把布票私下去卖钱，有的人家实在没钱买布，又不好拿它做买卖，就把它贴在墙上当"花纸"看。

到街上剪布时，就已经打算好了给谁谁做衣服了，一般要优先给长辈做，其次才是小孩。老人吃了一世人生的辛苦，现在这一把年纪，还有这么多岁数活吗？不能再让他们受苦了，给他们做几件新衣过新年，是理所当然的事。小孩是家庭的未来，是希望，也不能苦他们，如穿得破破烂烂，也不好见人。老人孩子做了新衣服过年，全村上的人都会有眼睛看见，而免得被人说只顾自己光鲜，不给老的小的穿着。

排在第三位要考虑做衣的，是遇有特殊情况的年轻人，就是突然要相亲去人家出客什么的。请裁缝做衣有一个过程，而裁缝也不是坐在家里闲着等你去请他，要"预约"，因此，时常有青年男女突然有人说亲而来不及做新衣，就只好到人家去借新衣，哪怕是不合身也不要紧，总比穿破旧衣服好，反正人家也不知道是借来的。

最后要考虑给做新衣的是自己，就是那些上有老下有小的中年人，他们往往是劳动最辛苦，身上补丁也是最多的人群。

请裁缝都是"供饭"，那时还没有"承包"一说，量体裁衣，也不能搞计件制，做一天给多少工钱，所以师傅若能起早摸黑地干活，就能多干不少活。为了能让师傅起劲点，有的家供了中饭，还要在下午时分再请吃点心，这样可以做到天黑，同样算是一个工。

那"供饭"可不是好玩的，总要弄些小菜上台，光到自留地上拔些萝卜青菜是不行的，这样就不能算是"客气"，弄得不好有人会出工不出力，怎样才算是小菜丰富，客气"待匠"，除了蔬菜外，至少要有一碗肉或者一碗鱼，当然，若有鱼有肉是最好不过的了，若前者能算作"客气"，后者就是"很客气"了。

那时的猪肉很便宜，如二十世纪七十年代，只要七角四分钱一斤，但一般人家能吃鱼吃肉不容易，在一年中吃不上几次肉，过去七月半（鬼节）或有亲戚来时，才会上街去"斩肉"。

裁缝也是很知趣的，决不会一顿饭把一碗肉统统吃光，假如这样的话，人家下次就不会请他了，要是传出去也不好听。是有一些规矩的，在吃饭时，一般不吃酒，吃酒会误事，一刀下去没有回头路可走，如剪错了人家的布料，赔偿还是小事，要紧的是名气给搞砸了，会断了自己的财路，手艺是他们的根本。

吃饭前，主人家喊吃饭了。饭菜汤全端到八仙桌上，筷子也放得整整齐齐，师傅必定是朝南坐的，有主人陪着进餐，所有的小孩一概不能上台，连家里的狗狗也要临时赶到门外，免得它在台脚底下转来转去，撞到客人的腿肚子上。若师傅带着徒弟来上工一起吃饭的，在师傅还没拿起筷子时，那徒弟只能恭恭敬敬坐着，只有师傅举箸时，徒弟才能跟进。师傅吃一块肉，徒弟吃一块，师傅吃两块，徒弟也只能吃一块。主人只是陪着吃饭，不吃鱼肉。因此，两三天活干下来，那一碗鱼或肉，蒸来蒸去，端上端下，基本上没有浅下，还是原样。这是师傅为了照顾主人家，省得再去街上买鱼买肉了。干活到最后一天，师傅也许会多吃一点，徒弟也才敢大胆开吃，见貌变色，全凭感觉。

请裁缝多数是在农历年底，好让老人孩子穿着鲜亮的新衣服过新年。

矮东洋

"东洋人来了！"随着有人惊恐地喊叫，村子上出现了一阵骚动。远远望去，隐约看见有钢盔和刺刀在麦芒尖上移动，从街那边过来。鬼子人短枪长，所以远看总是先看到他们的头盔和扛在肩上的刺刀。但有个年轻人定神一看，好像只有两个钢盔在蠕动，这就怪了，平时鬼子从新桥街上的碉堡出来，总是成群结队，多则几十个，少则也有一个班人马。也许是这两个鬼子整天在碉堡里待腻了，出来兜兜风，玩一玩。这时，一些年轻女人拖着孩子向北面的河埂逃散，那里长着茂密的芊棵和树林。

头盔愈来愈大，已经看清楚了，确实是两个。那个年轻人对大伙说，不要慌！

"他们有枪，你想怎么着？"一个老者谨慎地小声问道。

年轻人一咬牙："杀了他们!"老人又惊恐又疑惑,说道："这能行吗?"

事不宜迟,年轻人断定鬼子不是出来扫荡而是兜风玩的,少不了是想弄点吃的玩的。他估计鬼子首先会来到村东头几户人家,让女人小孩躲起来,多来几个小伙子,并且一定要笑脸相迎,瞅准机会就干了他们。

路边的一个人家桌子上立马放上了鸡蛋、山芋和玉米棒子。鬼子果然走进了第一家,开始还警惕地端着枪,但很快就放了下来。因为他们见村民个个面带笑容,没有一个逃散的。鬼子也笑了起来,说是有没有"咪梭咪梭"的。有啊,大伙七嘴八舌指着桌子上的山芋和玉米棒子,看上去很热闹很友好。鬼子想喝酒,村上的财主马上"贡献"了一坛酒,又有人去杀鸡、炒鸡蛋,忙活得不亦乐乎。那个老者重复地说着:"皇军,辛苦,大大的——慰劳!"鬼子见村民如此殷勤,以为是惧他们三

走向自由的村庄:高建新散文选

分，越发忘乎所以了。

开吃了，老者和几个小伙作陪。但这时已经过了一个时辰，躲在后面柴屋里的四五个年轻人有点耐不住性子了，可事先大家讲好的，只要老者高声叫道"干"，大家就一拥而上，陪吃的将以迅雷不及掩耳之势，反剪鬼子的双手，其余人马立刻把菜刀挂在他们脖子上，第三拨人把他们撩一边的枪对准鬼子的胸膛。可这时只听老者说"干了干了"，里面的人一时辨不清是"高声"还是"低音"，加上求胜心切，就一个箭步冲进堂屋，鬼子和自己人都傻了眼，幸亏有所准备，两个矮东洋都做了刀下之鬼。

当即，把两个倒霉鬼用麻绳五花绑了，每人再吊了一块黄石，沉入村上荒坟滩北面的河中。后来，鬼子见少了两个鬼子，哪里找？出动几天都是竹篮打水，鬼子如泥牛入海，杳无音信。他们兽性大发，烧掉了前面村上的几间房子。

如今，那条埋葬敌人的小河还在静静地流淌，仿佛也在诉说着当年悲壮的往事，而在我们这个地方，还有许多英勇杀敌，智斗鬼子的故事，乡亲们的爱国激情和潜能是不可估量的。

在与我们一河之隔的河东湾，当年有村民把两个鬼子引到偏僻的河埂上，将其杀死在深两米多的"流沟"中。我们新桥小镇在旧时很热闹，经常在书场里唱戏。一天晚上，有个无恶不作的鬼子从碉堡里出来，带着一个翻译逛街。路过书场，见有美貌女子穿着鲜艳的戏装在演唱，对翻译说："等戏散了场，把那个花姑娘的弄来玩玩。"说着便坐在台下佯装看戏。殊不知"隔墙有耳，草中有人"，他们的对话被一旁的中国人闻知。这时，戏台下黑压压一片，仅有台上一盏汽油灯。

一个神秘村民出现了，他用麻绳打了一个活络"勒狗圈"，从身后迅速套住了鬼子的脖子，没吭一声，鬼子就如死猪般被反背着拖走了。在场的"戏迷"没有一点骚动，旁若无事，只有坐一边的中国翻译被吓得面如土色，不敢出声，村民没有拿他怎样，因为他回去了恐怕也没好果子吃，十有八九要枪毙！

肴　馔

　　我在读小学时，要给老师"供饭"，就是老师轮流到学生家里吃饭。因为不知哪天轮到我家，一些好吃的东西自己舍不得吃，就收藏起来，只等供饭时拿出来，这样有好菜好饭恭待老师，也算是有脸面。这事儿发生的时间并不遥远，不过是在二十世纪六十年代末七十年代初期。老师到家里来吃饭，我感觉是一件很美的事。因为，平时妈妈舍不得给我吃的东西，老师来了我就能吃到了，一年到头，凡是有客人来吃饭，我们是不能"上台"的，只能坐一边随便吃点什么，这是规矩，但只有给老师供饭，我才能陪老师坐上八仙台，老师朝南坐，我紧靠老师坐下来，爸爸妈妈也必定陪坐，因为他们要趁着这个难得的机会，教育我一番，一个学期只轮到一次供饭啊！爸爸妈妈向老师打听我在校各种各样的情况，老师一面吃酒吃菜，一面逐一解答，对此我并不害怕，因为老师时不时地，有意无意地表扬我几句，爸妈听了十分高兴，老师夸我越多，他们就越高兴。这样，大家也吃得开心。老师吃饭都很"文"，不像我是"武吃"。譬如吃红烧肉，老师最多吃两块，一二不过三，绝不会吃第三块，因为一次供饭一般是三天，这碗肉就要在台上端三天，不会去买第二次肉了。那肉是放在饭锅上蒸的，蒸到后来，烂熟得如嫩豆腐，筷子都夹不上来了。红烧肉也不会是单烧，一定会有洋山芋、百页或者水面筋、油面筋混在一起下锅，如此，把鲁大碗端到台上去，看起来数量多，上相。

每到供饭的前一天，妈妈就要给我先上一堂政治课，内容主要讲的"吃相"问题。妈妈说："允许你上台"陪吃"，主要是陪，不是吃，是相信你，其实就是陪老师坐坐。假如像你平常那样"穷吃"，一碗肉能上台三天吗？还不是一扫光?! 但你可以吃一块，不能多吃。夹菜吃肉，不要用筷子在碗里像炒米那样翻来翻去，挑肥拣瘦，要注意在靠近自己的碗里夹菜，不能把手臂伸得像大猩猩抢游客的东西，倒像从来没吃过的样子!"

学校里有三位老师，他们总是"倾巢出动"，一起来做客。其中教语文的陈老师最喜欢我，因为他说我作文写得最好，经常让我在班上朗读，有时还把文章贴在教室的墙上。

妈妈既然令我陪着坐坐，招呼老师，我便牢记心中。开吃之后，我就一个劲地叫老师吃啊吃。那陈老师也很客气，总是回敬我，说道："建新，你只叫我吃，自己倒不吃，你也吃啊!"

"我吃我吃，我早上吃的米粉团子，还没饿呢!"我笑着说，"你

吃，吃！"

老师到学生家里吃饭总是很低调，对人恭恭敬敬，也许时刻在牢记着自己的身份，是"为人师表"的，因为他们很清楚，供饭是与家长直接见面，也就是"零距离"展现自己的形象，再说啦，村民是很会评头品足的。于是，在吃饭时处处小心谨慎，以求形象的完美。有一个老先生，到我村一位和我同班同学家吃饭，一条鳊鱼上了三天八仙台，吃到第三天，先生还只是吃了鳊鱼朝上的一半，在用餐结束时，先生为了鱼碗里的整洁，就把鱼翻了一个身，把露着鱼刺的一半朝下，毫发未损的另一半朝上，如此一看，这条鱼十分完整，活像从来没动过筷似的。

对这件小事，村上人议论开了，且各执一词，褒贬不一，难分难解。有人说，这是教师"吃相"好，保持菜碗整洁，用现在的话来说，就是文明。又有人说，吃过就是吃过，没吃就是没吃，老师这样做，有点"弄虚作假"。还有人说，这是"穷酸"相。三个婆婆，一面铜锣，在田间干活时，那些村妇开开心心尽讲着这些鸡毛蒜皮的事儿。

这些曾经到我家来吃过饭的小学老师，有的还健在，有的已经成为故人，而我曾经就读过的塘口小学、夏墅桥小学，也因征地而荡然无存，已成为历史和我遥远的记忆。后来，我也成了一位教师，无论是在中学还是大学，我感觉越是久远的学生，对老师的情感越深。现在有些学生，尤其是毕业以后，见到老师形同陌路，或点个头而已，俨然成了点头朋友。往往是骑着自行车的学生遇见老师，赶紧下车打招呼，开着小轿车的却爱理不理，全没了"人样"。在我们这个国度里，自古就有尊师的传统美德，春秋《尚书》如此称道："天降下民，作之君，作之师"，这就是把"师"的地位与天、地、君、亲相提并论。唐代大文豪韩愈在《师说》中说："古之学者必有师，师者，所以传道、授业、解惑也。"把教师提升为不仅是传授知识，更是思想品格教育的崇高职业。这是先哲对教师职业最经典最精辟的诠释。

走向自由的村庄：高建新散文选

　　我们的物质水平在不断提高，而往往精神品格却在不断下降。没有全社会对文化、对知识、对知识分子的敬重，就难有社会的进步与发展。

蚂蚁一族

除了撑船，打铁，磨豆腐，在世上还有一件最苦的事，就是开河挖渠。肩挑两筐土，从几十米的河床逐脚往上蹬，还没上岸，就已经上气不接下气，中间快要断气了。当年大禹治水有时忙得几天不吃饭，三过家门而不回，艰辛异常，其时周围的人谁也不知道，他在做着功德无量照亮千秋的大业。

连通长江的弯弯的藻江河，是家乡的一道风景，更是我们的生命线。名闻遐迩的藻江河从江阴要塞以西入口，向南蜿蜒曲折，途径无数个村庄，无数块良田，无数条交叉的支流，流入西太湖。于是，我们村村河塘洋溢，大小水渠满灌，江南的水田有了生机，一望无际的水稻，从发芽到灌浆，能够吃饱喝足，待万顷良田稻浪滚滚金谷登场

走向自由的村庄：高建新散文选

时，只有这吃尽千辛万苦开河挖渠的农民，才能真真切切感受到这生命之水的无比宝贵。我的家就住在长江之畔的藻江河边，从小就目睹了这一幅幅壮丽而激动人心的画卷。

寒冬腊月，北风萧萧，全村子的青壮年男女劳动力倾巢出动，奔赴前线，留守下来的只有那些老人和孩子，他们要临时担负起饲养家禽、照看田地的任务。

开沟挖渠，疏浚河道，是每年必不可少的农村水利工程，且总是安排在冬天，因为只有这样，才能避开春耕春播和秋收秋种的繁忙时节，避开夏日梅雨季节河水潮涨潮落的形势，冬日河水浅薄，挖土容易操作。这时，冬小麦刚刚发芽，是一年中田间活儿最少的"农闲"时光，于是，就趁这空当儿开辟了另一条战线。

有的年份是开挖新河，有的年份是去除淤泥，疏通老河，或者隔年进行不同的工程。在大部队到来前，早就有先遣队修筑了若干座河堤，用"水老鼠"抽干河水。另有一支先遣队是由各大队、生产队自己组成的，前往落实就近工地的地方安营扎寨。因为所有的社员无论离家有多近或有多远，都要求集体行动，这就是集中住宿，集中吃饭，集中开工和收工，总之，差不多是"军事化"管理。

漫长河道被分成若干劳动区并具体落实到某公社某大队某生产队，而每一段的土方，也早已精确地计算了出来，每人每天完成了多少土方，能挣多少工分，都上墙公布。

我刚高中毕业那年冬天，就跟着大队人马去开河了，住在离家七八里的长巷村，记得那个人家有两层小木楼，男女各住几个房间，通铺，楼上楼下住满了人，睡觉是没有床的，全都打地铺，在地上铺了厚厚的一层稻草，再摊一条被絮，就算是床了，虽然是冬天，但满间都是脚气味和咸菜味，绝没人失眠的，一天挑河回来，都累得不行了，一个个倒头便睡，鼾声如雷，困得如死猪一般。

伙食比家里好得多哪，在家里只能吃粥，在工地上能每顿吃大米饭，还有肉，虽然只有一小块，但那毕竟是红烧肉，是难得的美味佳肴。中午有"两菜一汤"，青菜或萝卜包菜一小碗，红烧肉或咸带鱼一

两块，酱油汤或咸菜汤一碗，这样的伙食，在当时已经是够好的了。

晚上，年轻人在一起唱样板戏、说粗话、讲野故事，很开心。

天刚蒙蒙亮，就听见了哨子声乱叫，起来吃早饭，灌了两碗粥，便匆匆上阵来到工地，原以为自己村上人来得太早了，哪知外村外乡的来得更早，从高高的河埂上向河底遥望，无数的人影在慢慢蠕动，犹如密密麻麻的蚂蚁在爬行，他们竭尽全力前行往上攀爬，向下俯冲，一刻也没有休憩的机会，连喘口气都变成了一种享受。

他们的汗水和心血，滋润着万顷良田，使丰收画卷的景致得以一年又一年延续，也使江南鱼米之乡的粮仓，为我们吃饱肚皮安定人心提供保障。因此，面对这些犹如蚂蚁的爬行"动物"，任何吃过大米饭或有良知的人类，决对不能对其鄙视或轻弃，当尊为贵人或上上宾才是。

这些辛辛苦苦的蚂蚁啊，也许，你一脚踩下去，能够碾死无数个这样的小东西，但他们永远也死不了，因为他们并不是无足轻重的，而具有巨大的能量和生命力，这不仅仅是因为蚂蚁是世界上力气最大的动物，还因为，从古到今，犹如水能载舟，亦能覆舟一样，蚂蚁能够筑堤，也能毁堤。

一个高个不如两个矮子

"一个长子不如两个矮子"这话是什么意思？就是，一个高个子的身高，肯定比不上两个矮个子的身高之和。譬如两位身高只有一米六零的人，他们的身高加起来总归比姚明的个子高得多。

那么，关于这个长子与矮子的话题，与河湾村，与我们的农村城市化进程又有什么关系？现在我可以明确告诉你，关系是大大的。

这两个矮子，就是当年栽插的"双季稻"，这种稻谷品种稻秆比较短，仅有二市尺左右高度，而传统的水稻稻秆有近三市尺左右之高。但双季稻每年能种两熟，每一熟大约能收亩产五六百斤，加起来能收稻谷一千斤左右，如此，比起只种一熟的晚稻，可能要多收两三百斤稻谷。看来双季稻确实能增产增收。这对于我们这个人口众多的国家

是何等重要！于是，大约在二十世纪 70 年代初，县委书记便提出一个口号，这就是"一个长子不如两个矮子，增产增收，坚决推广双季稻"！也就是说，每年要种两熟水稻一熟小麦。这样，三熟加起来的亩产总产量能达到一千七八百斤。既然能多收粮食，那我们就上吧，全县上下开始宣传发动，男女老少行动起来！

在我们这个江南粮仓，几千年来种粮都是一熟稻一熟麦，现在要一年种三熟，是个新鲜事物，一年四个季节没有变，二十四个节气没有变，而要靠夏日炎热天气生长的时间没有变，在原来种一茬的时间段里改种两茬有可能吗？

有！那就是要保证在四月份下秧播种，六月份收割第一熟水稻，同时栽插第二熟，在十一月份收获。换句话，就是要把夏日栽秧的时间提前两个多月，这几乎是不可思议的"反季节"种粮，因为绝对不可能把万顷稻田放在暖房里，但我们就是这样做了并获得了巨大"成功"。

在春寒有余的三月底四月初，生产队农技员就要带领几个村民行动起来，准备给双季稻种子催芽，力争在四月上旬下秧。只因天气还有些冷，种子在自然气温下无法发芽，于是就用大浴锅把水烧到五十度左右，把稻种浸泡其中，为了保持其适当温度，要再挖上一个"地坑"，把泡热的种子装在蒲包里，扎紧，放在地坑中，这是利用"地热"，再用塑料薄膜盖好。如此，经过两天时间的"闷烧"，种子就发芽了，随即在四月中旬完成栽秧，经一系列的栽培，施肥，灌溉，治虫，直到六月，就可以收割了，但恰在这时，也是第二熟的栽秧时节，这当儿，正是夏日当空，酷暑炙热，收割和栽秧几乎是同时进行，这种特快节奏和忙碌，是不得了的事，许多社员吃不消了，乡里几乎每天有人中暑被紧急送往乡卫生所去抢救。

什么叫"同时"进行，对现在的年轻人是不可想象的，当时公社的要求叫作：早上一片黄，中午一片白，傍晚一片青。什么意思？就是譬如一块双季稻田，稻谷已经成熟，早上还没有收割，金黄一片；到中午时，收割完毕，放满水，已是一片白茫茫，等待插秧；至傍晚，莳秧结束，呈现一片青翠碧绿之景象。如此，一块田，一天之内要变换三种风景，犹如变戏法一般，但戏法是假的，这是真的。要达到这种境界，真正是说说容易做做难！

收割双季稻，与收割晚稻相比有个很大的难处，就是稻子很容易脱落，所以割稻时必须轻割轻放，小心翼翼，犹如打太极拳，又是满头大汗，且没有多余的手去擦汗水，这样的割稻十分难受。

稻秆割下后，立即有男劳力再轻手轻脚把它捆起来，挑到社场上脱粒，这叫作"收稻"，一面收着，另一路人马立即开始人工翻田，或用水牛或用黄牛或用拖拉机，一齐上阵，翻完后，立刻上水耙田，把泥块打碎，也是水牛、铁牛齐上，与此同时，有人速将猪粪猪灰撒入田中，耙田打田还正在进行时，有村子上莳秧最快的能手已经拎着细草绳在田埂上等候，准备拉绳，投入插秧的新的战斗。耙田的水牛累得直喘粗气，刚爬上田埂跳入河中洗澡凉快时，"秧手"们一个个跳入田中，秧苗也有人挑过来，扔向水田的每个角落，莳秧开始了。是啊，水牛可以小憩一下，我们社员不能，季节不等人啊！一天下来，双季稻田就是如此由黄变白再变青，社员犹如打仗，一个个已经累得不像人样了。

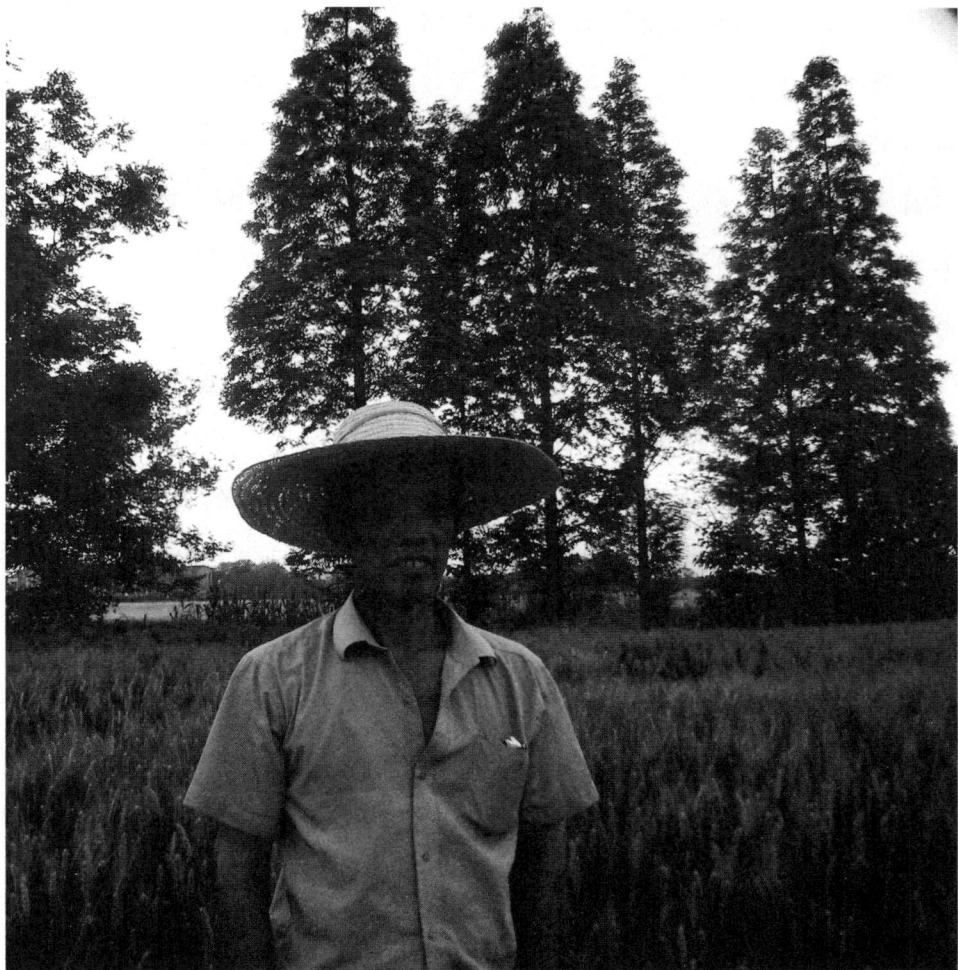

一个长子确实不如两个矮子，收成是要大一些，但头一年种下来，社员就感觉吃不消，后来各村各队都出现了不少抵触情绪，有的生产队甚至出现瞒报田亩的情况，就是少报田亩，尽量少种双季稻，不肯多种一分田。那年，公社是还怀疑我们河湾村瞒报，派人来拉着皮尺丈量面积。

　　群众有意见，但上头还是坚持要种，如此折腾了五六个年头，大约到 1977 年，县里宣布停止种植双季稻，理由很简单，一是双季稻成本太高不划算，二是社员太忙太辛苦，三是第一熟稻米的质量不好，烧煮的米饭太硬，不好吃。总之，种双季稻是劳民伤财，利少弊多，本着实事求是的原则，还是每年一熟晚稻一熟小麦，两个矮子不要了。后来，这两熟的单产亩产都逐年提高，达到了两个矮子不如一个长子的新境界。

　　实事求是，遵循事物发展的规律是很伟大很了不起的理念，以种双季稻开始时的"执着"到后来的回归，可以给我们许多启迪。眼下我们搞农村城市化推进，拆房建房是必需的，但该拆的拆，不该拆就是不能拆，如何拆？要有规矩，要谨慎从事。拆旧建新是好事，是发展的需要，但决不能拆散了人心。

没有意义的故事

聋大爷无故失踪，油漆匠喝香蕉水而死，及河远爷爷在幸福生活之中跳河，成为村子上三大谜团。河湾村因为城市化进程而消失了，但谜底仍未解开，且更唤起活着的人的思考与记忆。

聋大爷是"着地聋"，就是丝毫不能感觉声波的那种类型，他也不会讲话，只会像宠物狗那样叫唤。谁也不知道他的姓名，村民直呼其"聋子"。他会根据你的嘴唇活动的状况，判断你说话的内容。他有一男一女两个孩子，大概儿子是老婆带来的，女儿是后来养的，儿子在另一个村子成了家，女儿嫁了，老太婆也过世了，他便成了一个孤寡老人。他很聪明很勤奋，总是主动去帮人家干活，尤其是需要请人帮忙的紧急情况下，他会不请自到，而事实上没有任何人告诉他，所以他常常是村民的不速之客。

谁家的稻谷还晒在家门口的场地上，雷阵雨突袭而来，这是全家人一年的口粮，如果受潮发霉就不能吃了。正当人们七手八脚不顾一切抢收之时，他会从天而降。又有哪家的母猪生病了，突然断奶还浑身发抖，一大群小猪仔饿得哇哇直叫。这时，急需有人到六七里外的街上兽医站去请医生，农忙时节，哪有空啊！这当儿，聋大爷出现在了主人家，什么都不用对他说，他全明白，只是像狗狗那样叫唤了一声，手指向远方比划了一下，出发了。因为他一贫如洗，又是单身，经常有了上顿没下顿，于是村民总是主动给他吃的喝的。尤其在他不请自来时，更是不能亏待了他。

聋大爷到六十多岁时，已经基本失去劳动能力，但他是有子女的，按规定不能进镇敬老院，但生产队多次派人去乡里说情，终于把他送进了敬老院。在那里他有吃有穿有住有用有医，可以安享晚年了，但不料他不告而别，不知去向，家人和乡里人四处寻找了十几年，至今生死不明，杳无音讯。日子好过了，生活有了保障，为何要走，不得而知。前一天，他是给工作人员做了好多手势，但人家看不懂，事后琢磨着猜测着，大概意思是"我不能白吃人家的饭"。

油漆匠高大叔秉性刚直，是很有些"江湖义气"的男人，他是老干部老党员，解放初期，是乡里一家农机厂的厂长，那时的厂很少，一个乡镇差不多就这一家工厂，非常吃香，听说他和几个哥们合办了"地下工厂"，就是私人开厂，不合法，便因此招来牢狱之灾，但他把所有的责任都拉在自己一个人身上，其余人员于是躲过一劫。

他的老婆在城里做工人，大叔"下山"后，户口一直迁到了村上，在家种田，兼做漆匠。后来在一个事件中，他被揪到半死，但没有死得了，等到风平浪静后，他倒自己觉得活不下去了，在常州城家里突然暴亡，传说是喝了一大瓶油漆用的香蕉水，把肚肠都烧黑了。为什么要死，传说是对我的婶婶有疑心。在吃官司的好多年里，婶婶一人带着两个儿子不容易，里里外外都是她张罗料理，吃了很多苦，终于熬出了头，但他出来许多年后，一直对老婆疑神疑鬼。到底发生了什么，谁也不知道。大叔死在二十世纪七十年代中期，我还去他家吃了"硬饭"，参加了他的葬礼，那场面十分凄惨，令我难忘。

第三个人物，讲的是河远大爷。河大爷是个单身汉，但并不快乐，他没有一子半女，老婆早已过世。他的这个老婆原来是别人的老婆，后来阴差阳错一不留神做了他的老婆。那女人原是村上的恶霸吴金大的小妾，吴在旧社会可能有"血汗"，新中国成立后被共产党枪毙了。吴家里没什么财产，可能吃大烟吃光了，等到抓他时，已经一贫如洗，唯一的家当，就是那个小女人。小女人一下子变成了丧家之女，就投靠了河大爷，终身未育。听说那女子娇小美貌，姿色不俗，只可惜红颜薄命，不多年就离了人世。河大爷一直在生产队自食其力，从来不做坏事，也不做好事，做人做事十分低调。听说他是恶霸吴金大的小兄弟，他背过盒子炮，做过"老大"的狗腿子，是传说中的"漏网之鱼"，因此，他平凡度日，直到六十多岁，队里把他送去乡敬老院。几年以后的一天早上，发现河大爷的尸体浮在敬老院的池塘，据说是自寻短见而亡。他的死也是一个谜。他在那里一直受到政府的关爱，从他的同伴那里获得的不确切的信息是，在他饱暖之余，想起了许多往事，他时常想着共产党待自己真是太好了，自己简直没脸面见人，又常常梦见村庄树林里那间孤零零的小房子，他曾经与那个小美人在那里度过了许多美好时光。

这三个没意思的故事，一个比一个短，难说也佐证了我们对乡村人和事的记忆，已经一天比一天淡漠了，模糊了，忘却了。其实，从前人的人生故事里，岂不见我们活着的人的影子吗？

第四章 自古少年出英雄

越吃越好吃

　　那年，文伟兄谈对象正谈得火热，又凑巧撞着八月十五，我伯父说："看来今年的月饼票不能当花纸贴在墙上看了，咱穷人家找个姑娘也不容易，说什么也不能滑脚。"但一块月饼要二毛五分钱，实在是太贵了些。全家老少十二口人发到十二张票，一张票二两一块，就放弃两张，买二斤十块，凑个整数。他细细盘算，计划今年腊月要把儿媳娶回来。

　　伯父跟伯母商议了几个回合，把文伟叫到跟前："你兄弟四个，就剩下你这个光棍活宝了。既然那姑娘有意，咱也要有情。但这事要抓紧，总不见得要人家姑娘来求你？天底下从来只有光棍的男子，没有嫁不出去的女人。你今天去买两斤月饼，赶紧送过去。"文伟垂手而立，不停点头，神态十分虔诚。说着，伯母从她的青布手帕里，里三层外三层地拿出 2.5 元钱，交到文伟手上。又嘱咐请店主将这十块月饼卷成两卷，快去快回。他激动万分，说不出一句话来，只知道一个劲儿地点头。只见他抓过一只蛇皮包出发了。伯父母看着儿子远去的身影，搬来凳子一齐坐下，静候儿子返回。为了这个老大难，老两口现在总算松一口气了。

文伟兄妹六个，虽然吃粮一直是大问题，粥少和尚多，但也快要熬出头了，除了他，都已嫁娶。他的婚事，成了父母的心病。有几回亲事几近成功，都是被他自己弄吹了的。一次，小姐的父母请他去吃饭，临行前，只因他没有一条像样的裤子，母亲就给他想法子借了一条，嘱咐他多加爱护，不要弄脏了。那天，未来的丈母娘见了他十分高兴，正端菜上台，不慎将菜汤泼在了他裤子上。文伟想起母亲的嘱咐，急了，忙说："哎呀，你也不当心点，这裤子是借来的，现在弄成这个样子，叫我怎么去还人？"小姐她妈一听，觉得这小子倒是正宗老实人，但又认为也是个痴女婿，要不得。吹了！

这时，伯母一面等候，一面从房里搬来一只木箱，打开上面的铜锁，变戏法似的取出一斤红枣，一斤红糖，一斤柿饼，都用报纸包得有棱有角。她的孙儿孙女们都来看热闹，感到十分惊讶。她说要不是藏得这样严严实实，早就被家里的大老鼠偷吃了。孩子们面面相觑，一阵窃笑。伯母又坐下来细细思量，把这些东西和两卷月饼装成五个包，作为给亲家的中秋节礼物，已经是很光彩的事情了。现在只等文伟回家，万事俱备，只欠月饼了。

村庄离镇子才五里路，一个来回个把钟头也就足够了。可文伟上午8点多钟去的，到十点外还不见他的影子，就是上常州城也该到家了。老两口着急起来，丈母娘家后今天去不去不要紧，倒是不要把钱给丢了。那些孩子们都知道叔叔上街去买月饼，早就垂涎三尺，并齐声喊："奶奶，月饼，月饼……"伯母没办法，一遍又一遍地向他们解释，今天月饼吃不得的理由。但也不是说一点没有机会，要等叔叔到丈母娘家有几个包回礼过来，也许能尝一尝。只要有希望就好，孩子们与奶奶一齐守候着。但等到下午，还是不见文伟鬼魂。伯父急得都心焦烂了，正要发脾气，只听一个孩子叫道：叔叔回来喽！伯父伯母猛抬头。文伟果然出现在村口，只见他耷拉着脑袋，沉重地拖着那双解放鞋，有气无力。走近一看，额头上还冒着汗呢！大家不知发生了什么事，一齐迎上去。孩子们喊着叔叔争着要看包，伯母一把抢过来，唯恐他们坏了事。"啊？"她发现竟是个空包。"月饼呢？"伯母急切地问。他不作声，只是捧着头蹲在地上发呆。"你买的月饼呢？"伯父拿过一根洗衣棍，把八仙桌敲得嘣嘣响。伯母夺过棍子扔到门外的菜地里，说："孩子回家就好了，不要吃人的模样！"伯父朝伯母瞪了一眼："是把钱丢了吗？"文伟摇摇头。"是把月饼给丢了吗？"文伟又摇摇头。"那你到底买了月饼没有？"文伟终于点点头。"那月饼飞上天啦?!"伯父气得七窍生烟。只见文伟眼中噙着泪水，额上的汗珠变成黄豆般大，一副痛苦的表情。

侄女萍萍看着他可怜，也上前问道："叔叔，是不是你学雷锋，把月饼送给江北逃荒的人吃了？"文伟又摇头。

伯父见他这个模样，实在憋不住，冲进灶间，拿出一把菜刀，扔在桌上："你给我说清楚，不然就把你的头割下来！"伯母忙上去抢菜刀，被伯父一把推倒在地，伯母坐在地上哭起来！孩子们一面去拉奶奶，一面也跟着哭，一家人变成了一锅粥。"你说！"伯父怒吼一声。文伟慢慢站起身，战战兢兢地说："阿爹，我回家走到半路上，想到月饼有点馋，就吃了一块。""啊？"众人不敢相信自己的耳朵。"你不想要老婆了？简直是吃我的命！"伯父大骂，"吃了一块还有九块呢？"文伟搔头摸耳，答不上来。伯父火了，把菜刀在水缸口上咣咣地磨了几下。文伟赶紧捧着头交代："我觉得味道好，熬不住又吃了一块。"老两口听罢，气得说不出话来。那些侄儿侄女们，见叔叔这个馋劲，都捂着嘴笑。

伯父紧追不舍："还有八块饼呢？八块一包，也可以送礼。快说呀！"文伟就像断了气，再也不开口。伯父见状，火上加油："你真是死猪不怕开水烫！"又把菜刀在水缸上很响地磨了磨。"你的耳朵怎么不管用？让我割掉算了！"这时，只见文伟猛一抬头，似乎一下子坚强起来，直着喉咙叫道："随便你怎么着，反正我也不想活了！"伯父倒抽一口冷气。"怎么着？我觉得越吃越好吃，就全吃光了。我怕回家挨打，本来就不想回来，反正不想活了！"说着蹲在地上哭起来。伯父伯母像泄了气的皮球，双腿一软，瘫坐在地上……

因为这事，文伟得了个雅号，叫作"越吃越好吃"，且名扬四邻八乡。每逢中秋节，乡亲们总要讲起这个故事。

队长看瓜

看守西瓜成了老队长最头痛的事体，因为不管派谁去看，总是有瓜不翼而飞。派老实的人去，又看不住，明摆着让人家偷吃；派凶狠的人去，又自个儿偷吃。没办法，队长决定亲自出马。他说了，即使割下他的脑袋，也不相信连几个西瓜都看不住。

队长果然有杀手锏，他把田里的每个西瓜编上了号码，少了半个都会知道。又到外村弄来一条狼狗，因它不认识村上人，所以也不讲什么情面，熟人就没法偷瓜了。

一天，我与春狗说："队长这死老头真坏，害得我们今年暑假少吃了不少西瓜、金瓜，看我今朝夜头把他收拾一下。"春狗问，怎么收拾？

我说："趁着他晚饭喝了酒，睡得像死猪的时候，我们去把他的竹床转一个方向，把帐帘朝着小河一边，再等到半夜去弄点动静出来，他一掀蚊帐，一定会往河里跳！"

好办法，春狗快活得跳起来。

我们很顺利地把竹床转了个向，忍不住要笑出声来，但怎么做出有人偷瓜的动静来，就难了，那狗狗见着我俩就是一声不吭，因我们知道它喜欢吃米粉团子，就连喂了它两天，眼见狗狗"有奶便是娘"都快成好朋友了。但它现在该叫的时候不叫（不该叫的时候乱叫），而假如我们喊捉贼，又要被队长听出谁的声音来。我急中生智，抓住狗狗的耳朵使劲拧了一把，狗狗突然吃了一惊，惊叫起来，我拉着春狗拔腿就跑。

队长被狗声惊醒，那肯定是有小偷来了，睡眼惺忪，拉开蚊帐就

向"瓜田"里跳，只听扑通一声，队长掉进了河里。

第二天一大早，全村男女老少都在传说昨晚队长"梦游"的事，说是他半夜三更还到河里去洗澡，神经病，倒不怕毒蛇咬他的卵泡。

又有人说，队长压根儿不是梦游，是他喝多了酒，自己滚到河里去的。他老婆最恨他吃酒。去年，快年三十了，他到镇上给公社干部陪酒，被哥们灌醉，骑着自行车回家时，人仰马翻摔在渠道里，睡着了，像条死猪，要不是老婆一路寻找过去，早就冻僵了。那天老婆见他这副熊样，二话没说，上去两个嘴巴，打醒了。现在看西瓜又滚到河里，老婆又气又恨，骂道："喝不够的猫尿，怎么没淹死?!"

许多许多年以后，队长变成了老人，我也长大了。我问老队长，那年你看瓜半夜梦游，跳到河里洗澡，你知道是谁干的吗？

"哈哈，是你小子？"老队长如梦初醒，"算你狠!"

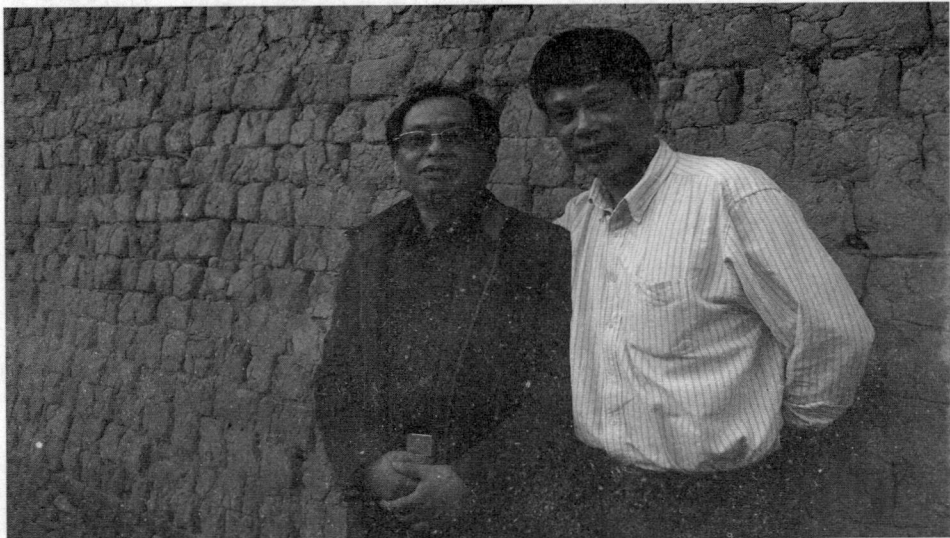

偷棺材

现在的家具家什，都时兴"实木"，想当年，我与"儿时"的哥们深更半夜去偷挖人家的棺材，把腐烂发臭的棺材木头偷回家，有做门窗的，有做桌椅台凳的，甚至还用来做床睡觉。

前几天，老娘从乡下来城里，特地送来她亲手种的蔬菜，还带来一只很旧的小锅盖，特别叮嘱这是杉木锅盖，是上代传下来的，不要不懂事务，不把它当东西，当垃圾扔了，千万要爱护着用，这是"传家宝"。

对这个"传家宝"，我怀疑它是用棺材板做的，这又使我不禁想起当年偷挖人家棺材的事，心中不是滋味。

因为是挖人家的祖坟，所以偷棺材这个活也是惊险得不得了的事体。下半夜，该熟睡的都熟睡了，不该熟睡的却正当精神抖擞，我等哥们属于后者。野外寒风呼啸，天空黑云阵阵，我们扛着钉耙、铁锹、钢圆探测棒、绳索、老虎起子出发了。北风凄厉，我等被抽得瑟瑟发抖，这种颤抖，决不是来自皮肉，而是来自心灵深处，心亏，问心有愧；心虚，做贼心虚啊！

假如田地上有一个土堆的，就是有主坟，那定规偷不得，人家要来跟你拼命的，没有土堆标志的坟墓，就藏在地下某个地方，难以寻找，于是，往往是有主坟先遭殃，三锹两锹，速战速决！动手前，少不了要虔诚地念叨几句，称道："前辈在上，今朝星夜拜访，请你高抬贵手！只是小子太穷，没得出息，请你贡献几根烂木头，回家做一张大床，打一张八仙台，做几扇门窗，说不准春上还能讨个老婆，这也算是祖上照应，我今生今世不忘，来生来世相报……"这边，那小子正说着，还没有念叨完毕，那边，几个家伙听得不耐烦了，早就一铁锹挖了下去。

炳海见这情景，急了："我还没说完，你们就动手了，将来死鬼找上门来，倒霉的还不是我们一伙吗？"大伙一听，那钉耙、铁锹又齐刷刷停了下来，老黑鱼也有点火了，骂道："那你还不快讲？我们看重你能识几个字，会说几句官话，你倒唱起戏来了！你再唱一阵，都快天亮了。"

只见炳海哭丧着脸，死人活人都不好交代，两头受气，便大声吼道："那你来，我不会说好话！"

"别吵啦！"老黑鱼又发急了。真是的，假如有人看见了偷人家祖坟，会背上一辈子黑锅。于是，谁也不瞎嚷嚷，黑灯瞎火地挖吧！但扒出来一看，烂木头实在太瘦小，只有锄头柄粗细，说明这是穷人家的棺材，既然挖了出来，就扛回家吧，能做一扇小窗户也可以。

如果想要偷大棺材，光有胆气不行。那年，富农家一口红漆大棺材就不翼而飞了。那棺材也显眼，原来埋得浅，棺材的一头已露了外面。也只能自认倒霉。

多数棺材木头里面发黑，还有一股异臭味，怎么好做家具？于是，不知是谁发明了一个好方法，把磷肥用水溶解后，抹在做好的家具上晒干，这样木质白亮，臭味也基本消除。这是当时的一个创造。

说来有点讽刺，到了七十年代中后期，公社成立了一个"专案组"，要查那些偷过棺材的人，一旦查实，就把他们请进学习班，再罚款，许多干过的村民死不承认，即使"同伙"承认了也全部赖光，反正没有官司吃。那时，公社秘书说我人老实，让我到专案组去工作，

走向自由的村庄：言建新散文选

我说，我坚决不干，因为我也偷过棺材，棺材木家具还摆在家里呢！秘书不相信，一定要我干，说这是党对我的信任，党的话你要不要听?! 于是，我硬着头皮干了几个月，但一个"盗棺案件"也没有查出，凡有人举报，我就把"当事人"叫来，再放掉，说都是有成见，瞎说八道！

这几天娘从老家柴屋里翻出一个"杉木锅盖"，送到城里来，后来证实是用棺材木头做的，可妈妈并不清楚，对此我一定保密，但我脑海里的记忆太深太深了，且总是令我辛酸……

摸　鱼

我家老屋边上，有一条小河，叫大路沟，南北向，在北端有地下水管，通到一坝之隔的宋江华小河，再流入黄河梢，又经黄河梢流入直通长江的藻江河。大路沟通往宋江华有一米多落差，因受水泥排水管长年的流淌和冲刷，形成了一个直径约二三米深的水坑。一次偶然的机会，这个水坑给了我极大的惊喜：它竟是虾子、小鱼、黄鳝、田鸡等虾兵蟹将的驿站。

于是，我在除了冬天的所有季节里，可以隔三差五在水坑里捕获小鱼虾，回家能烧上半碗或一小碗。那时乡里穷啊，在整整一年里，只能吃上两三次肉。眼下，虾兵蟹将也能解馋啊！这个水坑，成了我

的一个小天地。

在这个水坑里，最多的是小虾，然后就是百食狼、彭皮头、沿滩歇之类小鱼，大多三四寸长，都是天生长不大的，但烧出来透鲜、好吃。有时用十几条小鱼便做成一大碗鱼汤来。乡里人常戏称"一条小鱼十八担水"，就是说的这个事儿。

管它呢，只要有鱼腥就行了。这个秘密"据点"我掌控了好几年，我是一直没有告诉我的小伙伴啊，自己偷着乐。

直到有一天，我在水坑摸到一条土虺蛇时，一切都改变了。

夏天雨水多，水坑里总混的，我和往常一样赤脚下水，摸到一个滑腻腻的长条子，我以为是一条小黄鳝，当我用中指"锁住"它拎出水面的一刹那，发现是黑乎乎的土虺蛇，扔掉撒腿就跑。

在我们这里的水乡，土虺蛇也称为蝮蛇、七寸头，是剧毒的家伙呀，被咬了一口就会要了小命。我一口气跑到了家里，惊魂未定，便告诉我妈妈刚刚发生的可怕事件。

我问妈妈，七寸头为什么没咬我？

妈妈说："这种蛇在水里是不咬人的，但离水上岸就会咬。你很幸运，这次也许是对你的警告，你为什么不跟小朋友一起去捉鱼，假如你被毒蛇咬了谁来搭救你，你不能单干，只有你跟别人分享快乐，别人才能为你分担忧愁。"

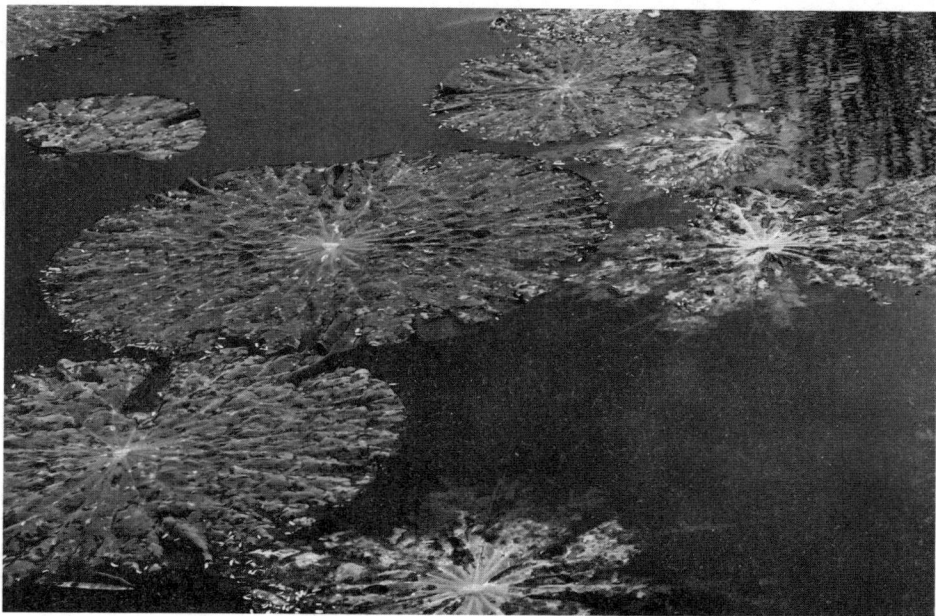

无头案

中午时分，一个坏消息在全村不胫而走，说是耕富无缘无故从高压电杆上跳了下来，摔断了脊椎骨，已经送到常州大医院抢救去了。又有人说，他已经摔死了，送医院是死马当活马医！这个近似荒诞的谣传，使整个村庄骚动不安起来！

耕富凭什么要勇敢到跳高压电杆，究竟发生了什么事？没有哪个人说得清楚，即使在现场的目击者，都说不知道，或说没看见，更有甚者，说他是自己跳着玩，说不准是突发精神病。在当时几十条未经证实的消息中，最令人信服的一则是这样表述的：是高压电线的磁力把耕富吸上了天，然后摔了下来。

舆论一下子失去了导向，一个村庄像一铁锅粥，全糊了。不管是否能把事实真相弄明白，我们还是从开早工劳动时开始回顾、清理吧！

深秋的清晨，太阳还没有从树根底下长出来，老队长就吹响了劳动集结号。他咬着塑料哨子吹个不停，一面又骂骂咧咧唠叨起来。你们这些懒虫，太阳快晒到卵泡了，还不起床?！他这是专指年轻小伙的。

不一会，青年组、老年组、少年组的人马陆陆续续向社场集中起来，三三两两地坐在草垛上，老队长用最简短的语言，最快的速度派了工，如此这般交代了一番。

正在这时，几只乌鸦从远处飞来，停在社场边的老槐树上，发出了几声怪叫。老队长见状，甚为惊愕，派工戛然而止。他随即向青年组的年轻人发出了令人不快的忠告：今天，你们闷着头好好干活，不要多说话，管好自己的嘴巴！你们不要"吃饱了撑的"没事找事，无事生非，不要骨头没有四两重，轻薄得不行，不要以为天没有草帽大，无法无天，做出些不着边际的事来……终于唠叨完了，他匆匆离开，奔赴田野"视察"去了。

年轻人感到莫名其妙，不知他说的什么，也不知他想说些什么。反正，他经常胡言乱语，唠唠叨叨，时不时会没头没脑地批你一通，你能怎么着？年轻人对老队长都很敬重，但也有点敬而远之，因为他是个扁担长一字不认识的人，说话唠叨，爱管闲事。比如说，有些人见隔壁邻舍的青菜比他家的长得好，猪养得肥，鸡、鸭、鹅、羊、兔养得多，日子比他好过，他就难过得不行了，恨不得把鸡鸭们全部斩尽杀绝才解心头之恨！老队长就最恨这种人，又要唠叨说，这是何苦呢？你是一双手，别人也是一双手，你就不能比人家干得好？自己摔破了尿壶，何必要跟屌子撒气呢?!

小伙们来到地里收起稻谷来。这时的稻根桩都已经朝天，稻秸秆已捆成小梱，他们的任务就是把稻秆捆成大梱，挑到社场上去，上堆、脱粒。田中央有一座高压水泥电杆，很高很高。六根电线有锄头柄那么粗，从远方来，又到远方去。大伙都默默地干着活，好像今天特别乖，谁也不敢出声，这时不知是谁可能憋不住了，引出了一个不着边际的"话题"，说是如果现在有谁从高压电杆上往下跳，那肯定是一件很有趣的事，不但不会摔疼摔伤，而且还会感到很舒服，理由是稻谷刚收割，水田是软软的，人从高处掉下来，就像在海绵上打个滚一样好玩。

这话对耕富有极大的诱惑。他是一个十分好动的大孩子，在这一群人中年龄最小，最不懂事，而他以前也爬过这个高压电杆，就差没往下跳。

耕富一听，果然觉得好奇，但又不相信，说："假如从三层楼跳下来，真的不疼吗？"

"不疼，不信你试试！我们打个赌怎么样？"

"赌什么？"

"10 块洋钱！"

哥们你一言我一语，七嘴八舌，不知道那些声音是从哪里发出来的，不管了，反正大家很开心。还没有等一阵阵噪音平静下来，只见耕富已经沿着电杆往上爬了，他的"英雄壮举"立刻赢得了一片喝彩。这时他爬到了高压电杆中间的交叉横杆上，像一只鸟那样蹲在交叉口上，他俯视着下面许多熟悉的面孔和笑容，俯视着广袤的良田和秋收的景象，他的眼睛流露着疑惑的神情，正要往下跳时，他突然感到害

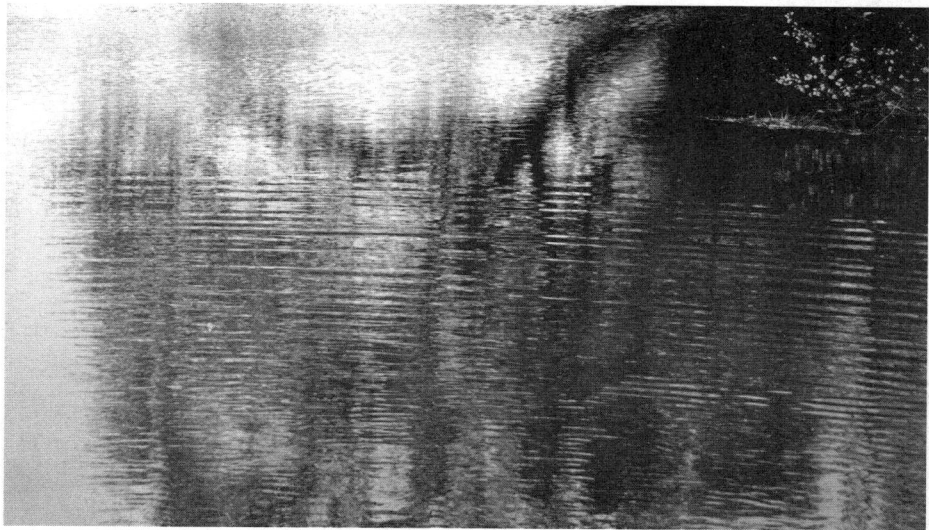

怕了，他又不想跳了，他想取消这个致命游戏。可是，下面的喝彩使他疑惑的眼神转瞬即逝，变成了可怕的光芒，他猛然张开双臂，飞了出去。只听"喔唷"一声，耕富瘫倒在稻田里。这时，刺耳的噪音戛然而止。一个死要面子的年轻人，居然还能自己站了起来，没有呻吟，也没有眼泪，步履蹒跚地往南走，爬过一座小桥，爬到了社场。从稻田到社场，大约 150 米。

他的一个哥哥闻讯赶来，因不明情况正想追打上去，被阿嫂拦住，说，他都快送命了，你还要打他？这时，他终于无力支撑，倒在了社场上，不省人事……耕富的这一"傻跳"，在他心灵和肉体上造成重创，在以后的岁月里，阴影难以抹去，几乎毁了他的一生，也影响了一个大家庭。

耕富有兄妹六人，他排行最小，时年十七岁。全家劳动力多，挣工分多，年终分配多，加上兄弟姊妹和和睦睦，猪肥羊壮，鸡鸭成群，陈米烂柴，日子一向比同村人火红。他家世代忠良，没有仇人，没有冤家，正是因为家境富裕，便引来了嫉火烧身。

老队长要想查出个人头来，但它是一个无头案，无从查起。老队长气得不行啊，只是一遍遍地唠叨，"你是一双手，别人也是一双手，何必要人家的好看？"他觉得很是对不起耕富全家，他的心在流血，他向大队提出了辞职，不干了！

"傻跳事件"已过去几十年了，那到底是谁出了那个馊主意？在老队长早已过世的今天，村民们还是众说纷纭，理不出一个头绪。

如今，每当想起了这件往事，人们总会在悲哀中沉思良久……

少年氓

老年组的死老头们，骂我们少年组的人员是"少年氓"，我们不买账，回敬他们是"老不死"。小时候不懂事啊，经常跟老人闹别扭。那时，农村实行"大寨工"，生产队干活不计件，做一天算一工，因此，劳动完全靠自觉，就是靠自己的觉悟，这个觉悟就是热爱国家，热爱集体，热爱社会主义。生产队每年要进行"五好社员"评比活动，人人要为当"五好社员"而努力。"五好社员"的条件是："政治思想好，三八作风好，生产劳动好，团结互助好，勤俭持家好"。全村男女老少，劲往一处使，心往一处想，生产劳动搞得热火朝天。无论是在秋收秋种或夏收夏种的"双抢"大忙时节，还是在平时，劳动都分成青年组、老年组和少年组。老年组、少年组分别是由六七十岁和十五六的人组成，在今天他们或者已经退休养老，或者还是"童工"，所以他们都由队长安排干点轻活，如撒灰，扎稻把，晒稻谷，采桑叶，拾稻穗麦，种树苗，栽菜和浇水等。

就拿撒灰来说，先由青年组的男劳力把猪、河泥或草灰挑到田里，这是有机肥料，很重。挑到田里时是一堆一堆的，要把灰泥撒开，撒到农田的每个角落，这虽然是轻活，但也不容易，单是扛着那十几斤四齿钉耙，就很吃力了。老头总是嫌我们灰泥撒得不均匀，骂我们"偷懒"，那是睁着眼睛说瞎话，其实是我们年少手腕力气小，撒得慢罢了。几天撒下来，个个手掌都会磨出水泡来，所以我们撒灰时都戴着手套。

拾稻穗麦穗，自然是少年组的事了。在那大片大片的麦田里，一天到晚不停地磕头、弯腰，无数次重复，把我们的腰都累弯了。这个活，少年组是强项，如果要老年组的人去干，非得把他们累死不可！所以我们常挖苦老头们，你们能拾麦穗吗，想试试看？

有时，老年组和少年组"合署"干活，像浇油菜，老人用粪桶去挑水，往往到河滩有一段路，挑到田里，他们就把扁担搁田埂上，坐一会儿。我和小伙伴们用粪勺舀水，泼向油菜，若是刚栽的，就小心翼翼地浇在油菜根部。这时老人们会给我们讲故事，主要是他们年轻时的"壮举"，最牛的一位老人说他自己亲手杀死过一个日本鬼子。他们每讲完一个故事，总是不忘讲一句"不说了，好汉不提当年勇"！

直到二十世纪八十年代初，实行农村改革，分田到户，生产承包责任制，大寨工的劳动模式也走到了终结，完成了其兴衰过程，中国农村进入一个新的历史时期。但是江阴华西大队没有进行农村改革，没有实行分田到户，在那里，社会主义新农村的发展得到了延续，热爱国家，热爱集体，热爱社会主义的精神得到了发扬光大，华西村能够成为中国首富第一村，也许是个特例，但是，那"三热爱"的精神千万不能丢，那应该也是我们宝贵的精神财富。

秘密地图

在我们村上，有一个名闻四邻八乡的钓鳝鱼高手，我跟他学过这个"手艺"。这个叫高芦根的师傅有一次给我"上课"。真正是不听不知道，一听吓一大跳，我目瞪口呆了。

芦根将钓黄鳝的一些秘诀细细道来。他说，这玩意本身，没有多少奥妙可言，最关键的是要掌握鳝洞布局。如在某一块田一条田埂或河滩有几个黄鳝洞，其中有没有黄鳝，一般一个洞里的鳝鱼被钓了以后大约过了三五天至多十天，又有一条黄鳝进去。如果过了十天还没有新成员进去，说明这个洞口已被人破坏或者黄鳝已放弃了这个洞穴。人有悟性，动物何尝不是如此？你掌握的洞越多，成功的机会就越多。

我问："芦根，那你现在掌握多少个鳝洞？"

芦根自豪地笑笑："这个嘛，可以向你摊底，我现在所知道的大小黄鳝洞大约有 12113 个。"我简直不相信自己的耳朵，再说了，哪有这么准的？

"我给你一张秘密地图看看，我可是没让第二个人看过。"说着，到大橱衣柜里取出一张很大的白纸，正好摊满了八仙台，上面像蜘蛛网似的，密密麻麻，纵横交错，水田、河滩、田埂、沟塘、桥脚、水渠、茭白塘等处，都有圈圈点点标出了鳝洞的位置，有的还有黄鳝两次或三次进洞时间的记录，看起来，比世界地图还复杂。

掌握了鳝洞的位置，至于其中到底有没有鳝鱼，那基本上能一眼就看出来。如果洞口水是浑的，又有游过的痕迹，那其中定有货色，否则就是空洞。见有鳝就钓，没有就赶快寻下一个目标，一点不要浪费时间。这时，我终于明白为何一天拼命赶几十里路的道理。

我惊奇地发现，在芦根的秘密地图上，竟标注着近百处坟墓的位

走向自由的村庄：三重新散文选

置，这又是什么奥妙？

芦根说了，别害怕，钓鳝的好去处。别人不敢涉足的地方，你敢铤而走险，定有好东西。假如你没听说过但一定吃过"坟黄"，坟黄就是坟墓里的黄鳝，它们开始靠吃人的尸体长得又肥又壮，后来，棺材便成了它们冬暖夏凉的家。水田里的坟黄力气大，最活跃，它借助水势，用尾巴钩缠在棺木上。这时的坟黄，把它钓上来要有真功夫。即使钩子扎住了它的嘴，但它宁可拉豁了嘴皮也不会就范，于是，要用第二、第三把钩子去扎它的脊背，肚皮或脊梁骨，有时要用三把鳝钩才能将鳝鱼束手就擒，但那时已是伤痕累累。

他的那张钓鳝鱼秘密地图，是全世界独一无二的。捕鳝者的这种敬业精神，对年轻人一生都受用。

第五章 流淌春寒的小河

推山鬼

月色朦胧，万籁俱寂，唯有青蛙和蟾蜍发出几声低沉的鸣叫。社场一隅的草棚里传出比蟾蜍叫声更低沉的咳嗽声。草门慢慢打开，走出一个幽灵，踉踉跄跄来到一个草垛前，撒了一泡尿。完事后睡眼惺松回到草棚，隐约觉得手上湿漉漉的，打开手电筒一看，懵了，小鸡鸡上有一道血印，正渗出鲜红的血水来。他忙沿着小便的路察看，唉哟，原来撒尿时那玩意儿跟明晃晃的铁犁刮擦了一下，要是方向再往左打一点，"命根子"就被刮断了。还好，真是不幸中的万幸啊！他随手用手电在社场边的田埂上探照，掐了两棵马兰草，揉碎，敷在伤口上，那血立马就截流了。

撒泡尿都要见红，推山鬼感觉又好气又好笑，也许这不见得完全是坏事，你看，那双铧犁，都快二十多年没耕田了，咋还那样锋利？他又躺上草棚的竹床，想心事……

去年这当儿，乡里开了动员大会，说是村前要修京沪高速铁路，这样的大好事大喜事，还需要"动员"吗？这是咱的国家建设，是发展，是我们自己的事儿。至于搬哪儿，住咋样的房，补偿几个钱，村民们没有太过计较，陆陆续续离开了村子，离开了数百年来祖祖辈辈经营的家园，可是，当收拾行囊出发时，就没那么爽快了，他们的脸上带着笑容，心里却在默默流泪，一步三回头，回眸着曾经的难忘岁月。仅仅到年底，全村四十多户人家两百来号人马都拆了迁了，没有发生大的矛盾和冲突，更没有肢体碰撞，圆圆满满顺顺当当，湾里村在全乡拆得最快，拆迁小组还得到乡里的嘉奖呢！

推山鬼原先是个只敢在村子上大摇大摆走路的人，在全乡算不上什么人物，但谁也没料到，那一场拆迁大战，他就一夜成名，还受到乡政府干部的表扬。那当儿，推山鬼是村上拆迁的"急先锋"，队长是半文盲，他是高中生，文化高，脑水多，动员人家拆迁，一抓一个准！再说了，推山鬼一米八六人高马大，一顿能吃三碗饭一大碗肉，力气大如鲁智深，敢打敢拼，在村上是出了名的。虽说六十来岁，但三个小伙子都上不了他的身。那次有一个老太太为了不让拆那面土墙，躺在挖土机的抓斗手臂下面，挖土机没办法，只好"死机"。推山鬼见状，拿起一根粗木棍，向土墙重重撞了三下，土墙轰然倒塌，老太太见久躺无味，只得从地上爬了起来，快快离去。

就凭这几招儿，队长又有什么用，只能站一边去！推山鬼说啦，你们真是不分香臭，不知好歹，祖祖辈辈面朝黄土背朝天的日子还没有受够吗，老话"七世修一个街角落"，现在把你们安排到大城市里去，谁亏待你们啦?! 你们丢了田地给发工资，不是一样吗，这个死账谁不会算？白痴！

推山鬼说的骂的有哪一点不在理儿，快走人吧！

许多人到亲戚家或是邻村借了房子"过渡"去了，到五六月份，那漂漂亮亮的农民公寓就造好了，推山鬼带头装修入住，开开心心，一夜间做了城里人！

但谁也没有料得，推山鬼只在公寓里住了十来天，就像着了魔似的，调头住回村子去了。

推山鬼为什么要回村，连他自己也迷糊了。

待在高楼的房间，就像关在火柴盒里，浑身不自在，感觉头脑壳子整天昏懵懵，脸儿火辣辣的，一摸脑门，发烫，给自个儿诊断倒像要生病了。

推山鬼的婆娘状态比他还要糟糕，开门七件事，每天要上街买菜，不买没得吃，要买，哪有那么多钱！原先蔬菜自给自足，鸡鸭满群，青菜莴笋什么的吃不了都扔猪圈羊圈里喂牲口，让它们给糟蹋了。鸡蛋鸭蛋就更不用说，自己吃不了还去卖钱。她生长在农村，一辈子用的是红漆木制马桶，如今突然要用这个倒霉的抽水马桶，屁股坐在上面冰凉冰凉，哪有木头马桶坐得舒服……

这火柴盒里的事儿话儿要装几帆船，就挑简单的说吧，吃拉撒都不方便！

其实推山鬼最大的心结，就是他的社场。住在城里，他几乎夜夜梦到他的社场，全可以用到"魂牵梦绕"这个词儿了。

社场是从人民公社开始创建的，是生产队的"政治中心"和生产基地。它在村子的中央，面积差不多有半个足球场大小，每个生产队都少不了有一个社场。队里三天两头要开社员大会，队长的哨子鬼叫几声，社员们就三三两两来到场上，叽叽喳喳集中起来，开始开会。

每天清晨，队长的催命哨子声响彻村庄上空，社员立刻到社场集中，以青年组、老年组和少年组自己站好队，然后，队长来进行简短的"训话"，就是表扬前几天的好人好事，批评偷懒鬼，今天劳动的要求之类，再根据各小组的特点进行分工，完毕，从这里朝不同的方向出发，分散到田间，一天的劳动开始了。

社场还是生产队里重要的物资基地哦！夏收秋收，五谷登场，粮食、柴草堆积如山。湾里村社场的北边，朝南修建了十一间平房，两间牛屋，三间猪舍，四间仓库，还有两间草料专用仓库。贵重的物资放仓库里，大型的农具在社场上摆开阵势，好像要打仗似的。那社场上的东西，实在是太多也太重要了。拖拉机、脱粒机、马达、犁耙、水车之类，都露天堆放在场上。仓库里，堆满了化肥、农药、水泥、石灰、种子、麸皮、细糠、豆饼、尖齿钉耙、扁齿钉耙、秧板、秧绳、秧凳、锄头、铁锹、提桶、粪桶、脚盆、翻菱长脚盆、翻耙、粪勺、竹床、排风扇、土筐、簸箕、扫帚、招耙、扁担、苗篮、镰刀、白刀、铡刀、竹刀、桑剪刀、丝网、包网、撒网、扳网、淌网、赶网、滚钩、渔叉、渔篓、退笼、黄鳝笼、蓑衣、斗笠、盘篮、筛子、钢叉、篷布、塑料薄膜、撑篙（篙子）、罱网、木锨、木榔头、铁榔头、连枷、竹箩、篓框、筐斗、水缸、瓮头、杆秤、磅秤、铅丝、铁钉、桐油、油灰、麻丝、担绳、草绳、纤绳、麻绳、栈条和喷雾器等农用物资及零配件，一时难以数清。

社场还是脱粒、加工的场地，成千上万斤干干净净的稻谷、小麦，通过社员弯弯的扁担，送到公社粮管所，献给、卖给国家。数百头生猪，从这里出发，走到公社食品站。社场上还常年制作有机肥，把青草、河泥、猪灰混合在一起做成灰堆，犹如一座座小山，待它们发酵后再施入田间，这里还是肥料加工厂哪！

这样一个生产队极其重要的"基地"，看守是万万少不得的，虽然白天不用看，但每晚上必定要守护。一年到头，一天也不能少，而这个光荣的任务，多少年来几乎一直落在了推山鬼头上。原先都是有队长派男青年轮流值班，计工分。后来，这轮流制突然就变了。推山鬼四十多岁那年，他与几个小伙子趴在水车的横木上车水，一条水牛突然发飙，一头撞倒了水车，别人都甩到了河里，只有推山鬼撞上了河边的一棵树干上，一条腿断了。从此，他不能干重活。那时还没什么意外保险，队长和社员们考虑到他好歹也算是"工伤"，就照顾他长期看夜，这样可以多记些工分。

从那时起，推山鬼白天干些轻活，晚上就到仓库里看夜。反正在家里是睡觉，在仓库里也是睡觉。农忙时节，推山鬼白天赶着水牛耕田，晚上睡到社场的仓库外面，架一张竹床，用竹竿支起蚊帐，或者索性就睡在稻草堆上。睡觉还有工分呢，也有生眼红病叨咕的，但谁也改变不了，因为他是工伤！

直到公元1982年"农改"，开始分田到户，包括队长在内的一些人想把生产队的农具也分了，那时，队长说话也不灵了，推山鬼牢牢掌握着仓库钥匙，他说这是集体的东西，不能随便耗了，难说也许哪天还能用上呢！

时过境迁，2010 年拆迁湾里村时，当年社场上生产队的农舍，已是断垣残壁，杂草丛生，唯有两间摇摇欲坠用两三根树干撑着山墙的平房，勉强认出当年的仓库，依稀可见旧时的容貌。一个副乡长带着拆迁公司一群人马找到队长，队长回话，这事我也做不了主，要经过本村村民推山鬼的同意才能拆。乡长大惑不解，却满脸堆笑，责问道，你是队长还是他是队长?!

队长答道："他是社场的看门人，三十多年的仓库保管员，村民的东西少了谁能负这个责？"乡长无言以对，目瞪口呆。

两个"长"谈判不成，闹僵。这时，推山鬼出现了。他在背后轻轻拍了一下乡长的肩膀，乡长回头一看，不禁打了个寒战。只见推山鬼比自己高出一个半头颅来，铜铃眼睛，四方面孔，黑如泥土，板刷胡子在抖动，那手臂比自己的小腿肚子还要粗壮。"不好，怎么遇上黑猩猩？"乡长脊梁背上冷汗直冒，向后一个趔趄，推山鬼急忙将他扶住。

"他就是推山鬼，小名高狗大，因为力大过人，能把一座山推着走，大伙就给他起了这个外号。"队长介绍说。

"敢问推山鬼同志，这次拆迁，是为了京沪高速铁路建设的用地，这是国家的建设，拆这两间破房子，你有什么要求，要多少钱？"

"全国人民都知道京沪高铁，都支持这个建设，我推山鬼能不支持吗？我没有别的要求，只要把仓库里的农具找个家，安顿好就行了！"

乡长一听，终于松了口气："好啊，那就把门打开，我看看到底是什么东西。"

　　仓库门打开了，乡长一看，不禁有点好笑，原来都是些铁犁钉耙、喷雾器、秧板之类一堆废铁烂木头，其中一些东西虽然乡长长这么大还从来没见过，但他可以断定那些都是白送人都没人要的。随即提出用三五千元把它们买下来，任由拆迁公司去处理。推山鬼不从，被一口拒绝，坚持要求对方提供房子把家什保存起来。乡长拗不过他，只好满口答应下来，可眼下只能先搬到屋外社场上，搭一个草棚暂时放一放，过几天再解决。

　　村子最后的农舍被掀翻了，推山鬼和他的宝贝农具就住进了草棚。可是没想到这一住就差不多一年啦。推山鬼发现，京沪高铁离社场还有七八里路呢，而拆了整个村寨的大片土地，没有一丁点开发的动静。

　　于是，在这个没有房屋的村庄，只有推山鬼一人孤守社场，在悲怆的田野里游荡，唯一与他相伴的，是村民搬迁时落下的一群猫猫狗狗。过去的良田已经杂草丛生，荒芜一片，满目疮痍，推山鬼无力去开荒，他就在社场种了许多蔬菜，想要吃这里免费蔬菜的公寓里的邻居，白天都会来帮忙种菜。

　　晚间，推山鬼与他的猫猫狗狗睡在草棚，看护着社场这一块菜园。

　　没有电视，可推山鬼的脑海里不停地播放着往事的画面，或梦呓中的情景。已是古稀暮年老人了，他遭遇过日本鬼子，经历了土改、农村合作社、人民公社，直至1982年农村改革分田到户的生产承包责任制，以及今天的城市化进程，而社场，也见证了这漫长、难忘的历史画卷。他多么高兴亲眼目睹京沪高速火车从村前驶过，过世的人没福气，活着的人可以大饱眼福了。推山鬼耐心等待着推土机来挖土、开发。他对这一方水土无限地眷恋，对高速火车又充满期待。守候着社场，仿佛守候着处在弥留之际行将惜别人世的老人，所不同的是，它承载着去与留，生与死，进与退的艰难过程。他时刻感受着阵痛和无奈，并伴随着长长的叹息。因此，推山鬼在草棚里几乎没有真正入睡过，一直处于心灵与肉体的自我搏杀中，除此以外，就是在迷迷糊糊恍恍惚惚中，间断性地打呼噜。

此刻，推山鬼正"四脚朝天"躺在草棚里的草铺上，又一次想起头天晚上刮伤了他的双铧犁，这个陪伴了他一辈子的家什，日后还能派用场吗？他时不时地用砂皮纸把犁头拭磨得锃亮锃亮。正是这个自己最深爱着的东西，刮伤了他的"命根子"。

夜深了，他又盘点起他的流金岁月来。为了保护村庄免遭劫难，他跟东洋鬼子玩过捉迷藏，在鬼子投降后排队走出村头碉堡时，他扇了几个鬼子的耳光（但后来一直后悔没多打几下）。社场北面十多里就是汩汩流水，滚滚东去的长江，他掩护过渡江侦察兵，他还真真切切地回想起 1949 年 4 月 23 日夜晚，解放军横渡长江浩浩荡荡经过这里，他亲手给他们送来了大麦茶和米粉摊饼，战士们就是在村子的屋檐下和衣而睡，然后向东挺进去解放上海的。今天，也许国家的大业还没有全部完成，我们还要继续挺进，挺进……

当年，他的哥哥就是跟着大部队走的，就是因为舍不得这一小块庄稼地，他留了下来，要养家糊口哪！哥哥走得匆忙，只是向送行的人群挥了挥手，后来再也没有回家。这时，大哥当时灰头土脸的面孔，在他眼前朦朦胧胧地晃动起来……

一撮毛

双鱼又端起高脚酒杯，一干而尽，然后重重地放下酒杯，对坐在对面那个矮个子那人一扬手，说："先生，该你了！"那人耷拉着脑袋，慢慢抬起头来，只见一个尖嘴猴腮老鼠眼睛的面孔，鼻子底下还有一撮毛呢！这时，他面呈"猪肝色"，目光呆滞，甚至还流着口水，明显是喝多了。

"喝啊！"双鱼又叫道。

看来一撮毛已经不能再干了，高脚杯里满满的白酒，此时泛起一阵阵蓝光，似乎对一撮毛发出了死亡的信息。

坐在一旁的支小熊，见着这个场景，吓得面如土色，不知所措。他是今天这个三人"商务小宴会"的主人，原在河湾村种植花木，做花木生意，自从去年村子拆迁以后，他就住进了农民公寓，从此生活也彻底改变了。长在田里还没成材的花木再长几年，就可以卖大价钱了，但现在没办法，只能折价处理，为的是凑合一笔资金到城里来另谋生路做生意。经他的高中同学双鱼的引荐，支小熊进了一家外贸进出口公司。这个公司主营一些五花八门的小商品，支小熊从来没做过外贸生意，但为了适应新环境，硬着头皮也要上。他一眼就看中小熊猫玩具的出口贸易，以为熊猫的名气大，自己的名字又与熊有关，也许能带来好运气。

支小熊利用网络兜售他的商品，虽然到处联系，但总是谈的多，成的少，眼下生意实在难做，经过几个月的联系洽谈，终于引来一个日本玩具商，今天晚上就要签单。他十分激动，二百五十万美金的单子，是他第一次弄到的"大单"，只能成功，不能失败！

今晚，就是为了这件大事，宴请日本商人，但自己没见过世面，平时滴酒不沾，又笨嘴拙舌不会讲话，于是，就请来了双鱼做三陪，任务是陪喝酒，陪聊天，陪签单。双鱼是公务员，在官场上混了多年，是见过世面的人物。小熊与日本人先到香格里拉酒店，双鱼后脚便到了，一进包厢，双鱼就看见这个客人鼻子底下有一小撮毛，就把支小熊拉到一边，问他此人是不是日本人？小熊点点头。双鱼很生气，他平生最恨的就是日本人，便对小熊耳语道："早知道是东洋鬼子，打死我也不来了！"

既来之，则陪之。双鱼那天不巧口腔溃疡，不能喝酒，最多只能陪人家吃几瓶啤酒，不料那鬼子上来就点了两瓶"天之蓝"，又命令服务员两瓶一齐开。双鱼连忙叫停，说明今天喝酒不便，下次再陪喝白酒。一撮毛一听，哪里买账，立马就摆出一副不可一世的架势来，开口就说："你们中国是礼仪之邦，你这个小年轻怎么如此无礼?!"

双鱼一听，火冒三丈道，今朝陪你!

"怎么吃法?"一撮毛问道。

"你要怎么吃，我就陪你怎么吃!"双鱼答道。

鬼子喝道："那就一杯对一杯!"

"好!"双鱼先干了一杯。

接着，那高脚酒杯便在空中来来往往没有停过，两人不吃菜，一直干到第六杯，当双鱼又干了一杯时，一撮毛已经趴在桌上不动了。

"干啊!"

支小熊在旁急得直跺脚，恐怕这样到嘴的肥肉吃不成功，单子难弄啊! 于是，很是歉意地说道："先生，不能喝不要喝了。"

一撮毛一听这话，勃然大怒，一拍桌子，骂道："放你娘的屁，谁说我不能喝了……"语音刚落，就滚到了桌子底下。

第二天上午，双鱼刚上班，就收到同学的电话，说是昨天日本鬼子被你 KO，不服，今天还要跟你喝酒，要是你不敢来，就是胆小鬼，他的单子也不想签了。

啊，太欺人了吧! 双鱼早早来到酒店，刚入座，见一撮毛拎着一个大酒桶进包厢，说尝尝日本清酒。双鱼见状，有点蒙了，这种酒平时很少喝，虽然度数不高，但后劲足，易醉。只听一撮毛彬彬有礼地问道："先生，今天我们怎么喝?"

双鱼年少气盛，一咬牙："随你，先生!"

"好，那就开始吧!"

双鱼答道:"好啊,不过我今天有两条件,依我,就喝!"

"先生,请讲!"

"假如先生喝到后来不能奉陪我了,那你要给我的朋友增加订单数额的百分之五十,二是要把你嘴唇上边的胡子剃光,先生,您意下如何?"

鬼子一怔,小吃一惊:"假如我 KO 了你呢?"

"随你!"又是随你!

好,小菜大菜还没上齐,双鱼就干了一杯。支小熊这时已经吓得晕头转向,小熊变成了狗熊,只听他一个劲地说:"先生慢用,先生悠着点,悠着点……"

你来我往,一会儿,一大桶一千五百毫升的清酒喝了个底朝天。一撮毛没带第二桶,说来一箱啤酒,喝到第九瓶,一撮毛舌头变粗,双眼翻白,只见他的手掌摇来摆去,口中不停叨咕:"中国——古话,见——好——就收,见好就——收"!

"那现在算好了吗?"

"好了,好——了!"

双鱼这时酒兴始作,但头脑很清醒,令人拿来笔墨,双方签约,增加码单,再凑个整数,算四百万。再请服务生拿来剃须刀,把一撮毛刮了个精光。包间里服务员笑得乐翻天,直叫:"好,好!"

这件事下来,支小熊感慨万千,自语道,现在不比在家种田,种一块口粮田,栽一片花草木,养一群鸡鹅鸭,挖一个养鱼塘就可以过日子了,在城里混,真不容易,是要有真本事的。

不是小偷

初秋，柔软的阳光照在老队长家小屋的屋顶上。早晨，老伴打开门，发现黄豆角和青菜地里少了一块，仔细一瞧，已经有人光顾过这块菜地了，豆角被连根拔起，或者用刀子割了下来，散落在田埂上。紧挨着豆角地的青菜田里，青菜被割去了一大片。老奶奶赶紧喊来老头子看个究竟，老爷爷经过仔细察看，不过是几棵菜而已，用得着大惊小怪吗?! 但老太太感觉倒像是被人偷了钱包似的，很不是滋味，老两口小吵了起来。

大清早，老两口就争得面红耳赤。老太太说，真是出了鬼了，长在田里的豆角、青菜都有人偷？老头子对老太太的"叫喊"，十分平静，那是人家顺手牵羊，根本算不上小偷，不必大惊小怪，再说，这几棵菜又值不了几个钱！

但老太太不买账，你倒说得轻巧，一把把汗，一担担水浇灌出来，现在都快收获了，能去菜场卖钱了，长这么大容易吗！

老爷子说得有理，这年头，还有谁在乎这一把豆角、几棵青菜？只是现在蔬菜贵了，人家也是顺手拔几棵菜回去下个面条什么的，不要随便骂人家小偷，不要因为这点小事坏了一天的心情。老爷子对老伴说，吃早饭吧，把这里弄干净，看看再种点什么。

老两口原住在村上的房子和宅基地已经被征收了，这里的小屋是远离村子的一条河滩边上，河里还养着鱼，即将安置的农民公寓还没有造好，如果借人家的房子去"过渡"，少不了又要花钱，他们权且在这里过渡起来。

一起住下来的，还有儿子、儿媳和两个孙女，全家六口人挤在两间小屋里，勉强架了三张竹床和木板床，没有厨房、卫生间，孙女都是二十出头的大姑娘了，只能跟父母睡在一间屋子里。烧饭炒菜，就在屋檐下的石头上安放了煤气灶具，至于卫生间，实在是没地方，只好在屋后挖了一个"茅坑"，再用竹竿和破席围起来，自己"制造"了一个厕所，因此，在夜晚，家里别的可以没有，但手电筒是必备的，万一上"厕所"遇上了毒蛇什么的，真要吓死人了。

自从那晚有人光顾了菜田以后，两孙女就不敢晚间上"厕所"了，奶奶专门去给她们买了痰盂，但她们晚上还是很害怕，尽管家里养了四条狼狗，给她们壮胆守护着呢！

小屋四周的农舍差不多都拆光了，几近荒无人烟，这里显得格外清静。

走向自由的村庄：言建新散文选

那些狗狗们都是有分工的，大门口、后门口、院子里各一条，还有一条在鱼塘边的狗棚里蹲守，它们分别是大虎、二虎、三虎和四虎，一般不轮岗换岗，它们都能熟悉和坚守自己的岗位。

老爷爷曾经在生产队做了十四年的队长，因为他心地善良，没有私心，处事公平，所以社员都很服他。那时的队长，唯一的权利和义务是带领社员干活，累活脏活干在前头，社员跟在后面，没有额外工资，也不比别人多记一分工，多拿一粒粮。直到好多年过去了的今天，村民还是称呼他"老队长""老革命"，但他没有入党，大队干部动员他好几年，他死活不肯，他说入党不就是要我听毛主席话，跟共产党走吗？现在我出来做队长，就是用行动证明这一点，假如我入了党，就经常要到大队，公社甚至县里去开会，这样的会议又要记工分，还要供我饭吃，社员会认为我得了好处，就不服我管了，算了，都是一样的，我是贫下中农，没有共产党就没有新中国，我一定会听毛主席的话，跟共产党走的。大队书记拿他没法子，就只好随他了。

一日深夜，有狗狗狂叫，大爷一听，是四虎的叫声，难道有人偷鱼？他一骨碌从床上爬起来，这时，全家人都惊醒了过来，大爷率先习惯性地拿起一根木棍（其实是一根不粗不细树枝），打着手电，冲出门外，直奔鱼塘，见鱼塘旁的电线杆下面有人影晃动，"捉贼哦！"老爷子大喊，他们的儿子、媳妇也从后面赶了上来，几支光柱同时照前方，但等赶到，那人已逃之夭夭。

漆黑一片，到哪里去追赶贼人，爷儿们围着鱼塘转了一圈，仔细察看，并未发现渔网、长线、弹钩、小船之类的渔具，没有偷鱼者的踪迹，在周围草丛中也没发现任何线索或可疑的东西，那个可疑的人影是什么人来干什么的呢？全家人心存疑惑，一夜未眠。

不日，有乡用电站的工作人员来抄电表，那人在这个村子抄电表好多年了，认识老爷子，那天他站在池塘旁电杆下喊问："老队长，你家电表怎么不走了？"这个户外电表是特地装在这里供鱼池增氧泵使用的，"你是第一次来抄表吗？怎么会不转？狗子！"老队长站在后门口骂他，走过去一看，电表真的不转了，保险丝都被剪断了，傻了。那小子为难了，如故意破坏电表，属于偷电，是要罚款的。

那小子用手机报告了用电站，汇报了领导，说电表坏了，电表上没有数据，电费也无从收起，请求立即重装一个。恰好那领导认识老爷子，坚决相信老爷子不会做偷电的勾当，他不是那种人。领导指示：重新安装电表，电费参照上两个月用电量收取。

事情虽然过去了，但全家人却闹开了锅，以老太太为首的儿子、

媳妇等人一致认为是小偷想偷电表，一只电表一百多元钱，人家能去卖几十元呢！

老爷子也同意他们的想法，确实有人想偷电表，但不能指称人家是小偷。人家也是日子不好过，为了几十块钱，才出来冒这个风险，也不容易的。贫富差距大，总会出一些这样那样的事。

老革命如此一说，老的少的都不敢多言了。

第二天，村委治保主任又上门来探望，他已经来过好几次了，讲话总是那样啰唆，他说："老队长啊，我断定他们是小偷，你硬说不是，住在这个前不靠村，后不着店的鬼地方，吓死人啊！你也别烦了，搬出去住算了，你的儿子媳妇不肯搬，说是鱼塘开挖花了不少钱，可是他又拿不出发票来。又说鱼塘承包合同是三十年，到今朝十年都不到。唉！不能认这个死理啊！十年前的领导到现在，已经换了好几茬了，还说什么十年前的事儿，现在的领导说要开发，你说咋办？"

老爷子对他讲的似乎不感兴趣，只是问他现在这里要开发修建什么工程什么项目，是学校、医院，还是宾馆楼堂，治保主任又答不上来。老队长说话是铁板上钉钉子的人，说一是一，从来不虚，他问治保主任："那鱼塘是我全家和村上邻居帮着挖的，哪来的发票，我去弄一张假发票来，能行吗？"

治保主任答不上来，跟他总是谈不拢！

转眼到了夏天，又是一个深夜，又是四虎先狂叫起来，一、二、三虎紧跟齐上，有两个盗贼爬在电杆上拆变压器，当老队长第一个赶到时，三五个黑影围过来，把老爷子一顿拳打脚踢，又火速趁黑逃之夭夭，其中一贼未及逃窜，被四条狗团团围住，咬得遍体鳞伤，血流满面，直喊救命。

家人报警，治保主任带着一群穿制服的人来了，拍照取证，给老队长及相关人员做了笔录，四条大狗在一旁张着大嘴、喘着粗气，仿佛也有话要说，只可惜它们只能耳闻目睹人间发生的人和事，难以口头表述案情的经过，及现场情形。

贼人被带走了。老爷子被治保主任他们送往医院，入院和治疗费由村委垫付，第二天，村委又派人送去一千元。

老队长从病床上醒过来，治保主任对他说，案子破了，是一帮盗贼，想偷变压器里的铜材。

老爷子不想搭理他，但还是露出慈祥的笑容说道，主任啊，我跟你说过一千遍了，不是小偷，肯定不是小偷！不管怎么说，你现在不能断我的电，鱼塘里有三万斤青鱼鲢鱼，需要增氧，闷死了是要你们赔偿的，一个也逃不了。

水杉树

公元 1989 年秋，我与我夫人在我们的新屋旁亲手栽种了十棵水杉树，历经整整二十一年的艰难生长，已经成材，但在今年四月的某天夜晚，被一群杀千刀的贼人齐地皮全部砍光，已毁于一旦，现状惨不忍睹。

那些个年头，我和我的小兄弟正是穷得叮当响的时候，因为，从来"孩子王"多数是穷鬼，能吃饱穿暖就不错了，至于住的问题，就慢慢来，以后再说吧！就在这时，有人终于想到了我们，想到我们这些"教书育人"的"大王"，说是你们都没有住房，有点像"上无片瓦，下午插针之地"的那一类人，现在决定送一小块地皮给你们，自己造房子去把！这是一个振奋人心的消息，但全校一百多号人，只有十几个造了房子，其余的都放弃了这个绝佳的机会，不为别的，只因没钱啊！但不管怎么说，这是一个好的决定，对教书育人的人是一个善待之举。

为什么要善待，因为他们是培育人的，这个活儿非常重要，也比较艰辛，因为它不是加工一个汽车零部件，也不是上菜场去买一篮小菜那么简单，它关系到一代代人的文化素养和知识水平，而这些能够形成一个国家的国力和发展后劲。最大的软实力是人才。为了安居乐业，总造两万多元的房子，我借了两万元，硬着头皮修建了新楼。新居是落成了，可还债也是漫长艰辛的，但我很高兴，因为，终于有人关注我们的衣食住行了！

新房好了，那三层楼屋，总高有近二十米，我在边上第一间。那当儿，乡里正号召植树绿化，我夫人就从乡里捎了一捆树苗回来，不过手指那么粗细，三尺来高。我说大也是一种，小也是一种，为何不栽大树苗？这小苗儿长起来多难啊！夫人答道："如果它们长大了，还需要你栽吗？没有小，哪会有大？十年树木百年树人，全靠人栽培，不是说教书育人吗？还不如我半文盲！"

吃了"半文盲"老婆的批评，自觉非常惭愧。就这么着吧，在山墙边栽一排，如此，这水杉树一天天长大，将来也许能够遮风挡雨，保护山墙，还可见证我们这次"孩子王造屋"的艰辛与历史。于是，一排小树苗站立在了这片难忘的土地上。

日月轮回，几经沧桑，水杉树也走过了二十一年的难忘历程。树苗已经成长为直径二三十厘米，树高二十多米的大树，一座小楼在树荫下悠悠乘凉，外墙面经长期风雨侵蚀，不渗水，不剥落，竟完好无损。2010 至 2011 年，小楼因京沪高速铁路的建设，拆了。

当年两万余元的造价，如今已增值百倍的房屋，那一排水杉树也是功不可没的，这是我人生旅途"心想事成"的一个小小范例，也是在经济小有翻身的一座里程碑。"心想事成"这个词儿，其实是人们的美好愿望，但我是真正感受到了一回心想事成的快乐！

我现在已经不是穷鬼了，但我可爱的水杉树却为我作出了牺牲。在杉树被盗伐的同时，屋子里的八仙台、方凳、长凳、煤气灶具、电表、铝合金门窗、沙发、靠背椅和书架等均被贼人洗劫一空，还有五千多册书籍，也在洗劫清单之中，恐被人当废纸论斤卖了。呜呼，这些年来，经济发展，道德滑坡，令人痛心疾首，直至今年，还有一位女教师对天惊呼"师不如妓"，所谓"笑贫不笑娼"，都是有根源的，并值得国人深思。不管白狗黑狗，只要能看家就是好狗。这要具体状况具体分析。如果狗狗能吓退，咬伤或抓住小偷，那肯定是条好狗，但如果它看见亲戚朋友上门，就把人家咬得头破血流，还能算是好狗吗？不是说能赚钱赚大钱的，就一定是好人能人，反之，就不是了。

建设文化大国，这是全国人民的愿望，要实现这个伟大的愿望，有许多事情要做，其中最基本的，就是要提高文化、教育、科技、卫生、体育、新闻等领域从业人员的政治和经济待遇，决不能让其中的大多数人穷酸溜溜的，财大必定气粗。如果一个从事文化工作的年轻人，工作了十几年还买不起房子，结不起婚，那还有谁愿意去搞文化?!

前几年，我下乡去看一个乡镇文化站长，这个朋友太难找，因为他几乎不上班，整日奔波于丧事人家，与和尚道士们一起吹喇叭。他说，文化站就那几个钱，怎么养家糊口，老婆都快跟别人跑了！

我说这诚信和道德的滑坡，怎么会滑得这么快，怎么一滑就滑下去了呢？如果我那文化站长朋友的老婆真的跟人家跑了，这在现在倒也不稀奇，不要紧，因为人往高处走，也许跟别人的日子会好过一些，而我的朋友也不可能再也找不到女人了，说不定从山沟沟里的穷地方还能找一个处女呢！现在倒是我生长了二十多年的杉树朋友，被贼骨头砍了，一时不能复生，真正令人伤心。

在拆屋前我原准备把这些杉树移栽到城里我居住的庄园。她们原是满怀信心，为人们的幸福甘愿风吹雨打，为生活家园平添绿色，为净化空气消除二氧化碳的，未料遭遇如此噩运。但不要紧，幸亏我的杉树还留住了根，到了春天，她们还会透出树芽的。我只是请你们眼下不要哭泣，因为，春天就在前面。地球村民热爱地球，美化环境人人有责，而树木对我们的生存是功不可没的。

慢慢习惯

　　有人说，幸福是一种感觉！房屋搬迁的农民搬进"商品房"，那感觉还真的不一样；日子重新开始了，感觉也是重新的啦！比如，现在每天要上街买菜，不买就没菜吃，只能吃白饭，在过去，哪里有这么回事？自留地上蔬菜瓜果样样有，鸡鸭生蛋窝里收。又比如，过去男人们大小便用的是自家后门的茅坑，夏天蚊子咬屁股，冬天屁股冻得像猴子屁股一样通红，既不文明又难受，现在好啦，住进农民公寓房，吃喝拉撒全在一起，女人们彻底结束用马桶的历史，虽然有些一直生活在农村的老年人，一时还不习惯用抽水马桶，但是，他们的感觉会慢慢好起来的。

　　一觉醒来，听不见鸟鸣犬吠，鸡叫羊唤。睁开眼皮，看不到绿色的田野，田野里的小麦、秧苗、桃树、梨花、杨柳、油菜花、芦苇以及清澈的小河，小河里的彭皮头、百食狼、穿条、黄鲐以及小船，小船里的撑篙、木板上的漂亮花以及船舱中活蹦乱跳的鲤鱼，鲤鱼那可爱的模样……而看到的高大的洋房，稀稀拉拉的几棵刚栽的树，那树儿，哪有过去房前屋后的枝繁叶茂好看？于是许多人开始怀念拥有土地的日子。当年种责任地、自留地有时候觉得累人，现在想来，那实在是很享受的活儿，如今想干都没得干啦！

但年轻人的想法就跟他们不一样了，到底现在舒服啊！烧饭用煤气，出门用汽车，上网用宽带。那抽水马桶肯定比野外的茅坑好，清洁、方便、文明。而煤气灶与土灶头相比，好处还用说吗？

再说啦，面朝黄土背朝天的日子，已经几千年了，该结束了，已经结束了，不好吗？不惬意吗？

想想也是的，可是你们年轻人说话轻巧不花力气啊，现在样样东西需要买，连一滴水都要买，不买就没法过日子。过去在村上，蔬果自给自足，还吃不了呢！像山芋、北瓜、山芋藤、北瓜藤之类，都给猪羊鱼吃了，现在想吃需花钱，开门七件事，也真不容易啊。

啊哟，别急啦！如今政府都给拆迁无地农民发生活补贴，养老保险，医疗保险都逐步加上，再说挣钱又不是靠你们老年人了，那是我们年轻人的事。

听听呀，搬进农民公寓的年轻人，感到更多生活的压力和负担，他们更迫切的需要出去挣钱，或者找个牢靠的工作。或者开店办厂做老板。八仙过海各显神通，全凭自己的本事了。于是呀，许多许多人家把精力倾注在孩子身上，极力培养孩子，指望孩子将来有出息，能够赚大钱，如果孩子以后不能赚钱养家糊口，这公寓房怎么住得起呢？要是在农村，可以自己种粮种菜，现在阳台上种不下，还能种哪呢？

几千年了，"种田佬"最苦，在天灾人祸的荒年，先饿死的是农民而不是别人。几千年了，农民需改变观念和生活习惯，有点难！

红唇如火

水墨江南秀丽的田野，难得一见稿草丛生的荒凉，而在其中又见一片红扑扑的美丽树林，就更是鲜有的风景了，犹如沙漠中突然冒出一叶绿洲，令人神往。红树林中掩映着一个小木屋，屋子周围萦绕着清晨的水雾，这幅画面平常只出现在童话世界。

屋子的小门敞开着，来福"四脚朝天"躺在一张竹床上微合双眼，似乎只是用心在聆听着树叶沙沙作响的妙音，一副很享受的模样。少顷，他的眼睛又慢慢张开，凝视着"天花板"，呆呆地想心事，双眸发射出莫名的光。

这是一间世上独一无二的屋子，墙体、屋面、门窗、地板什么的，都是用人家丢弃的废旧材料搭建而成，而那些桌椅台凳，更是拆迁废墟上捡来的"宝物"，这张竹床，就是村民搬家时落下的用了几代人的老床。

全村子的老老少少都撤离了，大片的田地只有荒草不长庄稼，一时又开发不了，良田变成了"凉田"，被晾在了一边。那一阵，大队长他们还不让回去种东西，时不时派人来巡逻，幸亏村书记发话，把他和他的红叶树给留了下来。书记说啦，不管种粮种树种菜，总归比长杂草好，哪怕是种几棵青菜，也是创造了财富，也能给城里人的餐桌上多一盘蔬菜，有什么不好？种一担黄豆能榨几十斤油，或者磨几百斤豆腐呢，有什么不好？能种几茬就种几茬，种到开发就是了，不种，一文不值，种了，多少能收获一点，有什么不好？

来福原是一位"老小知青"，六十年代初，正遇三年自然灾害，父母从上海下放到老家，那时年仅九岁。伴随着新中国的成长，他经历了许多难忘的事，尤其是那时闹饥荒，亲眼目睹村上饿死人的情景。眼下，他看着这些好好的田地徒然荒废了，心痛得不行啊！这里的土地原是冲积平原，种什么就能长什么，人说插两根筷子也能长出庄稼来，还真的不是什么神话，要说这泥土到底有多肥沃，那就是肥得要往外冒油了。

但这些肥田摆着又有何用？许多村民房屋拆迁后安置了新房，拿到了钞票，却似乎忘记了土地，任由废弃，视而不见，或整天趴在麻将台，不肯下来，或飘飘然做出一些不着边际的勾当来，其中少不了也有妻离子散的，但来福可闲不住，他发现原先房前屋后的几棵红叶石楠长得十分可爱，春秋变红，夏冬变绿，他便买回花木栽培书籍，认真研读，才知该树种常红常绿，四季发"春"，在欧美及南亚国家广受欢迎，多数用作树篱或幕墙，或庭院绿化，有"红叶绿篱之王"之美誉，且栽种简单，土壤瘠薄，也能生长，还能扦插成活。其品种有三五种之多，但此"红唇"最为夺目，春秋新梢，又嫩又红，四月开花，艳丽持久，因此得名，真正人见人爱。来福喜出望外，便星夜开荒，种植了二十多亩，但有人立马来骚扰，莫名其妙不让种，来福与家人据理力争，又遇上村书记贵人相助，才留住了这片林木。眼下正值秋风，红唇浓妆，层林艳抹，一片火红。来福见此好不欢喜。

今年三月，有五六个妇人，躲在林中盗剪树梢，把苗儿装在七八个蛇皮袋中，被村民逮个正着。她们承认做了坏事，但请求宽恕，原来，准备以三元钱一斤卖给花木公司，现在自愿拿出一千元钱来"私了"。来福看着妇女，都是些可怜之人啊，她们也是为了生存。来福说道，这树苗钱就不收了，就算送给你们，只希望你们不要回去卖钱，要卖也不止这个价，自己回家扦插种植，一定会有出息。妇人们个个点头称是，无不噙泪相谢，愧疚离去。

回眸这些新鲜的往事，这个在竹床上躺了许久，懒得一动的人，今天挖了七十多个苗坑，栽了七十多棵红叶石楠，此刻腰酸背痛，浑身像散了架似的，加上他的许多心事，真的感觉有些身心疲惫了。来福读书不多，但很有些侠义心肠，他唯求春天早早降临，用她的体温抚慰冬日的伤痛。

摄影爱好者

黄狗子几乎把自己的村庄给拍烂了。

村村巷巷拍，家家户户拍，房前屋后拍，花花草草拍，树树木木拍，河河湾湾拍，埂埂道道拍，男男女女拍，老老少少拍，猪儿拍，羊儿拍，兔爷们也拍。春分拍，夏至拍，一年四季拍。朝霞拍，夕阳拍，夜观天象晚间拍。天高云淡拍，乌云密布拍，阳光明媚拍和风细雨拍。好人拍，坏人拍，中间人也拍拍。今年拍，明年拍，拍到村子拆了又拆……

其实啊，黄狗子都是瞎拍的，毕竟没有受过专业训练，能拍出什么名堂来?! 不过，他自己全然不是这么认为的，他说啦，站着拍的是摄影者，蹲着拍的是摄影爱好者，躺着拍的是摄影家。虽然自己拍的照片已经不计其数，但还是蹲着拍的，还没有达到躺在地上拍的境界，因此，能够算是摄影爱好者了！他总是对哥们吹牛说，不要瞧不起他蹲在地上瞎糊弄，自己总有一天能够躺在地上拍！

黄狗子经常出现在村子每个角落，背着大大小小的摄影包，扛着三脚架。他就是这个村上的娃，熟悉村上每一条田埂每一个角落，就像熟悉自己的老婆。几十年以前，他考上大学离开了村庄，但他似乎永远放不下这个穷地方，村庄也离不开他。现今在三十多里外的城里做中学教师，总是一有空就往村上跑，他与村庄总是不离不弃仿佛一对热恋中的情人。

现在村子快要拆了，可是黄狗子并没太多沮丧，因为，他心里似乎还算踏实，幸亏自己在过去几年里留下了村庄的每一个细节，反而感到十分的欣慰和自豪。这不，猩猩收到他的电话，他今天又来拍啦！

平时，只要黄狗子到村上来拍照，村民就会戏说"狗子进村了！"

黄狗子有个哥们算是作家，他曾经正儿八经问过他，作家是做什么的？

作家就是历史的书记员。

黄狗子说啦，你能做书记我就不能吗？他准备把这些即将消失的村庄美景收集整理起来，出版一本"怀旧"摄影集，将来，一旦几百上千年的"高老庄"消失了，还能拿出来翻翻，看看，以免日长许久，把老祖宗给忘了。

狗子考上南京师范大学那年，就住城里去了，后来，他的父母兄妹也都搬走了，在村上只有老房子没有家人，但不用担心冷锅冷灶没饭吃，那些兄弟哥们总是喊他吃饭！临时来不及买菜，就下网抓条鱼或者宰杀一只鸡什么的，门前屋后都种着蔬菜哦，拉一把就行了。他不愿意找麻烦，最喜欢人家吃什么，就跟着吃什么。狗狗就是要的这种过去农家生活的感觉。

儿时，狗狗家里养了一条大黄狗，是一条不太爱叫的"狼狗"，不仅能看好家，还能守住整个村庄，一到夜晚就在生产队的社场上和村子里转悠，偷渔的、摸西瓜的、盗谷子的，不知让它吓跑或者逮住多少个呐，有的被它撕破了裤子，有的头破血流，只要见它从草垛子里一窜出来，无不吓得屁滚尿流连滚带爬逃命都来不及哦！村民很是喜爱它，但那些偷鸡摸狗的对大黄狗是恨之入骨啊！

大黄狗后来被人下毒致死，惨烈悲壮。一个玩伴突然离去，少时的黄老师哭了好几天，他原名斌斌，从此，大伙开始称呼他黄狗子，后来就慢慢喊出了名。

今个儿，猩猩他们那一伙听说狗子要来，从上午等到下午，压根儿没见他的鬼魂，这些从小在一起的朋友，感情深要好得不行哪！他们原以为狗子会像平常一样回去吃昼饭的，不光没回来，就连电话都不接了，咋回事啊！？

原来，黄老师回村路过街上，见有人正用挖掘机对一户人家拆房，不少人在用手机拍照。狗狗见状也拍了几张。这时，从墙角里窜出一群疑似"土匪"之类的人物，在一个歪嘴巴男人带领下，抢夺了黄老师的照相机和手机，把他双手反剪，揪过大街，塞进一辆肮脏不堪的汽车，关进拆迁指挥部的一间屋子，不让出门，不准打电话。过了两个多小时，才有人把相机手机送还过来，说"你走吧"！狗狗一查，相机里的照片已被删除一空。他立刻报了警，报告了被抢夺财物非法关押的事实，受到警察叔叔的热情接待。狗狗提出要肇事者赔礼道歉，未果，后来那叔叔问狗狗，我向你赔礼道歉好吗？狗狗说，你又不是当事人，怎么能让你道歉？

狗狗来到村子已是傍晚时分，农民伯伯对黄狗子的遭遇义愤填膺，但对警察叔叔的帮助感激不尽。头上三尺是青天，人在做，天在看哦！狗狗对爷爷奶奶公公婆婆伯伯大妈叔叔婶婶及小朋友们说了，不要因为一点差错就有太多怨气，我们的日子比过去好得多了，还会一天比一天好，我们过日子的环境也会一天比一天好起来的。不要担心拆了房子看不到村子，因为我已经拍了许多老房子。也不要担心拆迁安置会有人剥了你们的份头儿，更何况，还有拆富了的农家呢！会有人为你们当家做主的，不要让拆迁拆散了人心！

猩猩一群人一面在那里咕叨着什么，一面为狗子准备晚饭，少不了土菜土酒土话什么的。从小的"土娃子"，现在都长成"土八路"了。猩猩是老三届，喝了几口烧酒就话多，瞎侃，不着边际。他们不厌其烦，啰唆了一遍又一遍，胡乱说道，想当年，东洋鬼子闯到村上杀人放火，眼下，全国上下要拧成一股绳，大家争口气，要搞得国富民强，国泰民安，不然，鬼子又要进村的……不知为啥，狗子一进村，我们就不怕鬼子进村了……

走向自由的村庄：高建新散文选

流淌春寒的小河

冬春之交，河湾村小河的汩汩流水，不经意淌过刚刚裸受严冬的滩涂，发出凄美悲凉的水声，那空灵般的乐曲仿佛来自肉体或灵魂的痛处，以及久远时光的呼唤。

在河湾村两百余亩的神圣土地上，有七条大小不等形状各异的小河，她们是大路沟、马华沟、南华池、宋江河、北华池、黄泥沟、黄河梢以及穿过村子竹林的藻江河，在这每一条河里，我都撑过小木船，钓过鱼虾，游过泳，打过水仗，我甚至触摸过每条河底的泥土和瓦砾、碎石、树桩，我曾经裸拥水底随流飘逸的水草，并与那些快乐的小鱼儿擦脸而过。我像小海豚一样在小河里寻找欢乐，打发时光。

冬夜漫漫，霜雪飘飘，在河泥的深处，乌鱼、鲫鱼蜷缩着想心事，河蚌、蟾蜍迷迷糊糊在打盹，做着春天的乱梦，而躲藏在深井潭里的青鱼、鲤鱼，早已饿得肚子咕咕叫，那些龙虾、河虾，一个个搓脚哈气，在老杨树根下瑟瑟发抖，眼珠儿滴溜溜地转动。它们都望穿秋水，盼望春风拂水，驱散寒冬的恶魔。河面上厚厚的冰块，犹如人类房屋紧闭的门窗，把我们闷得发慌，幸亏有人用锤子在冰面上敲开一个天窗，这分明是透气洞、救命洞，凡遇此待遇，他们会发出一片欢呼！但有的天窗不过是忽悠，洞口会放下一根长线，吊着一块诱饵美食，一不留神嘴唇会被钩住，动弹不得，于是等待他们的是，上刀山，下油锅。他们唯求快活，不求太多，而事实上能够活着就已经不容易了！他们只待东风劲吹，坚硬的冰块就会自然破碎，所以对春天是最信任不过了，因为她会用心去爱，不会忽悠。河滩上的小草早就已经死过了好几回，在寒风中耷拉着脑袋虽有话要说，却没有方向，它们渴望温柔的春水与暖洋洋的太阳，不管怎么样，但它们不怕死，因为它们经常死，也经常活。既然严冬已经来临，春天还会远吗？只是，眼下还要挺一挺身子，一切会慢慢好起来的。

河湾村的河各有特色，在冬去春来的时刻扮演的角色和表现也是各不相同的。大路沟和马华沟以出大鱼著称，十几二十斤的青鱼是一船一船的，在严冬，这些大鱼得益于河中几口深井潭，几乎是深不可测，鱼儿在其中犹如在暖房，十分舒服，且偷猎者难以捕捉。宋江河、南华池、北华池是虾的天堂，面条荟、松树草之类水草长满河底，虾在茂密的草丛中既可获得食物，又能御寒，一个冬天下来，虾反而长胖了。

黄泥沟是一条长方形小河，平时主要供水牛、黄牛洗澡，鱼虾不多，但因牛粪松软且有保温之功效，泥鳅、黄鳝便在河滩边挖洞穴冬眠，好聪明的小东西哦！藻江河是长江的支流，而黄河梢又是藻江河的支流，长年不结冰，水流湍急，鱼虾众多，这里的鱼儿，虽然来去自由，但因没有深井潭，在冬天里是非常寒冷难耐的，许多鱼儿在此时就回长江了。

春天的脚步总是轻轻柔柔的、姗姗来迟的，但春天的问候总是贴心的、暖暖的、总是充满着爱人的气息。春天来了，来到这个有着久远历史和动人故事，而行将消失的村庄，来到这个村庄的小河边。一草一木，虾兵蟹将，都感到了春风的味道，以及春天神奇的力量。

鸭子开始到河中来试水，春燕在河滩边汲水解渴，牛儿羊儿在岸边踏青，这些外面世界的动静，河中的鱼儿虾儿并非无动于衷，应该是有所感知的，黑鱼从乌泥中钻了出来，青鱼从井潭向上慢悠悠升腾、游弋，浮出河底，鲫鱼跳跃水面，上蹿下跳，开始产卵，龟鳖从神秘的地方现身，在河面上探头探脑，东张西望，遥看蓝天，叹道，哦，哥们，春天终于来了！"

河岸蜿蜒，开满星星点点的野花，在风中摇曳，几头牛羊在不远的地方悠闲觅草，发出几声幸福的叫声，一簇簇金黄色的无名小花，被春风吹落河中，随流飘逸，奔向遥远的地方……

后 记

乡，你想我了吗（代后记）

苍穹总是那样蔚蓝，总是那样沉稳，总是那样深邃。河湾村那片热土上空，一群鸟儿在翱翔、盘旋、游弋。哦，那就是你，我的村庄！

我的河湾村怎么"折腾"也不会在动迁中消失，那乡村、乡土、乡亲和乡情将久久远远镌刻在我们的生活与记忆里。你飞向了大江南北，飞向了天涯海角，飞向了自由与平等！

乡，你想我了吗？我曾经躺在你温情的怀抱，仰卧田埂，翘着泥腿，遥望星空。我会铭记着你闪亮的流星，是她给了我不尽的希望。

乡，你想我了吗？我曾经在竹林捉迷藏，在桑梓树上采摘桑椹，咀嚼着她又甜又酸的时光。

乡，你想我了吗？我曾经在你的小河里流淌，划着小木船，采菱角，打水仗，卷水草，摸河蚌。那小木船啊，承载着你对我的爱，飘向远方。

乡，你想我了吗？那不起眼的杂草，田青、黑麦草、灰莲、蒲公英、酱瓣头、枸杞藤、野莴笋、马根桩、狗尾巴、剪刀草、国树叶、红花浪、水花生……你们，养活了我家的猪羊兔仔，而他们，又养活了我。你们用无声无息的生命，养育我成长，使我现在还像个人样。

乡，你想我了吗？喔，我的脚下蓦然出现一群狗狗猫咪好悲怜，主人"进城"了，房屋倒塌了，没人给饭吃，也没人给洗澡，"孤儿寡母"啊！不过谁能知道，你们是真正的好汉，为了等待主人回来，你们还坚守着老宅的瓦砾，注视着主人离去的方向……

乡，你想我了吗？父老乡亲兄弟姊妹，是你们心对心教我怎样做人，手把手教我如何做事。诚然我是村子上第一个大学生，但我的人生路由你们的手引领，我的心海中随你们的爱荡漾。

乡，你想我了吗？我知道你的牵挂，你知道我的眷恋。我会常回家看看，且最终回到你的怀抱，回到曾经饱经风霜的土地，我要在那里修筑美丽的巢，还有地球上一流的幼儿园、学校、医院、体育馆、博物馆、养老院，并让牡丹花和郁金香环绕其中，在窗前屋后摇曳、飘香、歌舞……我和你，总是那样，难分，难舍，难诉，难忘！

亲爱的乡，为了你的幸福，我情愿承受痛苦。不要惆怅，不要彷徨，不要迷茫。飞吧，飞得愈远愈好。飞吧，飞到太阳岛上。飞吧，风雨兼程，那里有无限风光……

作者

2013 年 12 月 9 日，北京